1.Kapitel

„Mary, du musst kommen! Ohne dich ist es kein richtiges Weihnachten! Du musst dir ansehen, was die Leute aus meinen Zimmer gemacht haben! Es ist wunderschön geworden!" Lisas kleine Stimme konnte sehr energisch werden, dachte ich erheitert. Seit 15 Minuten saß ich vor meinem Rechner und unterhielt mich mit Lisa Mc. Laine, der Adoptiv-Tochter von Geoffrey, meinen ehemaligen Geschichtslehrer, der starb, wieder erwachte, starb und von mir zurückgeholt worden war. Jetzt erschien Timothy im Bild meines Rechners. Auch er machte einen traurigen Dackelblick. „Biiiiite!" sagten seine großen Augen. Timothy sprach nicht, er hatte zwei Angriffe dieser Gruseltypen überlebt und seitdem war er sehr ernst. Und hatte kein Wort gesprochen... Einzig Lisa konnte dem vierjährigen manchmal ein Lächeln entlocken. „In vier Tagen ist Heiligabend!" Lisa hielt vier Finger in die Kamera. Timothy nickte zustimmend. „Bitte komm. Wir werden dieses Jahr ein richtig tolles Weihnachtsfest feiern können, sagt Elsa. Weil du uns das Geld dafür gibst!" Ich lächelte, es war ein zufriedenes Lächeln. Endlich konnte ich mit dem Geld, das mein Vater mir hinterlassen hatte, etwas gutes tun.
Jetzt erschien Elsa, Geoffreys Mutter im Bild. „Es wäre wirklich schön Kind, wenn du kommen könntest, Kind. Susan schrieb mir, dass sie und Nick zu seinen Eltern fahren werden. Du willst doch wohl Weihnachten nicht allein verbringen, oder?" Sie schwieg einen Moment. „Entweder du kommst oder ich schicke Geoffrey, dass er dich holt."
„Er ist wieder im Land?" fragte ich und schlagartig raste mein Herz. Verdammt, ich musste mich konzentrieren, ich verlor den Faden am Gespräch! „Noch nicht, er weiß auch nicht, ob er es schafft, deshalb wäre es schön, wenn du kommst." antwortete Elsa. „Ich denke darüber nach" sagte ich plötzlich müde. „Ich muss jetzt Schluss machen, mein Kursus beginnt gleich. Grüß alle, Mam" Ich klappte das Notebook zu, und schämte mich, die nette Frau angelogen zu haben. Ich hatte keinen Kursus, aber ich wollte nichts weiter über Geoffrey Mc. Laine hören,

dem Idioten, dem Arschloch...

Wütend warf ich mich auf mein Bett und starrte die Decke an. Der Blödmann ging mir aus dem Weg, ich wusste es genau. Vor 8 Wochen war ich im Kloster gewesen, Lisa hatte Geburtstag gefeiert. Ich war angekommen, Geoffrey war abgereist... dringender Termin, wie er mir von Elsa hatte ausrichten lassen. „Arschloch!" ich verprügelte mein armes Kopfkissen. Es waren trotzdem zwei sehr nette Tage geworden. Mirow, Geoffreys Vater, war zu mir wesentlich zugänglicher geworden. Ich hatte ihm seinen Sohn wiedergebracht, das rechnete er mir hoch an, auch wenn er es sich verkneifen konnte, mich wegen den tausend Regeln, die ich dabei gebrochen hatte, zurecht zuweisen. Ein Lächeln kam mir trotz der Wut auf Geoffrey über die Lippen. Elsa und Mirow hatten mich beide in die Arme gezogen und befohlen, sie ab sofort Mam und Dad zu nennen, ich gehöre nun zu ihrer Familie. In den Adern ihres Sohnes floss immerhin mein Blut! „Blöder Arsch, Idiot!" fluchte ich zornig. „Warum gehst du mir nicht aus dem Kopf!"

Die Tür ging auf und Susan steckte ihren Kopf hindurch. „Wenn du damit fertig bist, Geoffrey zu beleidigen, würden wir uns gerne von dir verabschieden." sagte sie lachend. „Der Jeep ist gepackt. Nick wartet unten."
„Lisa hat gefragt, ob ich zu ihnen zum Fest komme." berichtete ich Susan. Sie war meine beste Freundin, meine Schwester, meine Waffenmeisterin. Jetzt setzte Susan sich zu mir aufs Bett. „Fahre hin, Süße. Du willst doch die freien Tage nicht allein hier bleiben, oder?" sagte sie bestimmt. Nick und Susan hatten mich eingeladen, sie zu seinen Eltern zu begleiten, doch ich hatte abgelehnt. Es war Susan und Nicks Familie, nicht meine. Ich hatte mich mein Leben lang genug als Außenseiterin gefühlt. Ich hatte die Schnauze voll davon.
„Geoffrey, er ist eventuell die Feiertage über auch Zuhause." sagte ich nur und boxte erneut mein Kissen. „Das könnte Stress geben. Du weißt, er geht mir aus dem Weg wo er kann."
„Damit muss der Idiot klarkommen! Du bist für ihn gestorben, er weiß um deine Gefühle für ihn. Er mag dich unglaublich gern. Das sieht und spürt jeder! Und doch hat er dich von sich gestoßen, nur weil er der

Meinung ist, er wäre zu alt für dich. Wie blöd das ist, wissen wir beide. Fahre hin. Elsa, Mirow und die Kinder werden dich mit offenen Armen empfangen." Susan zwinkerte belustigt. „Außerdem könntest du den morgigen Tag mit Einkaufen verbringen. Ich weiß doch, wie gern du für die Kinder Geschenke kaufst."

„Du hast Recht Susan! Geoffrey kann mich mal! Nicht ich bin diejenige, die die Probleme hat. Es ist ja nicht so, dass ich ihm sabbernd und schmachtend hinterher laufen würde, oder in Ohnmacht falle, wenn ich ihn auch nur sehe." stimmte ich ihr zu. „Solltest du vielleicht mal versuchen, statt ihn mit deinem losen Mundwerk zum Verzweifeln zu bringen." widersprach Susan und wich meinem Kissen aus. „Keine schlechte Idee, Schwester meines Herzens." sagte ich. Plötzlich freute ich mich....

Drei Tage später stoppte ich den Transporter vor dem alten Tor. Das Tor des Klosters St.August...

Vor 7 Monaten war ich das erste mal hier gewesen. Mein ehemaliger Lehrer Geoffrey Mc. Laine hatte mich hierher gebracht, nachdem ich gestorben war, und nicht pflichtschuldig tot geblieben war. Er hatte mich quasi entführt, er hatte Zwang angewendet, um mich hierher zu bekommen. Ein Grinsen glitt über meine Lippen, es war einige turbulente Tage gefolgt, sehr turbulente Tage. Geoffrey war fast täglich einen Nervenzusammenbruch nahe gewesen, wenn er mit mir zusammentraf...

Jetzt stand ich freiwillig hier und wartete, bis die Überwachungskamera, eine neue Anschaffung, mich erfasst hatte. Ich lehnte mich aus dem Fenster und winkte fröhlich in die Linse. Dann schloss ich schnell das Fenster wieder. Es war kalt und Schnee fiel ins Auto. Endlich ging das Tor auf.

Ich fuhr in den großen Innenhof. Wieder kamen Erinnerungen in mir hoch. Geoffrey und ich hatten hier einen Schaukampf veranstaltet, er hatte wissen wollen, wie es mir gelang, wie aus dem Nichts Waffen zu erzeugen. Der Brunnen, die Baufirma hatte ganze Arbeit geleistet und ihn wunderschön restauriert. Dort hatte Geoffrey mich geküsst, leidenschaftlich,intensiv. Er hatte seine sonst immer so präsente, stets vorhandene Disziplin und Zurückhaltung vergessen... in diesem Moment, in dem einzigen verlorenen Augenblick.

Die Kinder und Jugendlichen kamen aus dem Haus gestürmt und umringten den Transporter.Mit lautem Gebrüll wurde ich begrüßt. Es war schön, endlich mal geliebt zu werden. „Hört doch auf, Leute!" rief ich fröhlich. „Ihr seid doch nur scharf auf die Geschenke, die ich hinten im Auto für euch alle habe!" Wieder lautes Gebrüll. Lisa drängelte sich durch die Jugendlichen und warf sich in meine Arme, als es mir endlich gelungen war aus den Wagen zu steigen. Timothy folgte dem Mädchen wie immer auf dem Fuß und hängte sich an meine Hüfte. Liebevoll strich ich dem Jungen über den Kopf. Ich sah mich um, und konnte doch nicht entdecken, was ich suchte... kein Geoffrey Mc. Laine.

„Bring den Transporter in die Garage." sagte der Älteste freundlich. Mirow kam jetzt über den Hof gelaufen und sah die Kinder strafend an. „Ab in das warme Haus! Alle hier ohne Jacken oder Mütze! Ihr wollt wohl krank werden und die Schule schwänzen!" schimpfte er. „Mary hat Geschenke für uns" rief Lisa. „Unter dem Weichnachtsaum wird genug Platz dafür sein." bestimmt Mirow. Maulend verzogen sich die Kinder in ihre Häuser.
Mirow öffnete mir das Tor zur Garage und wartete bis ich den Wagen einigermaßen gut eingeparkt hatte. Dann kam er und nahm mich liebevoll in die Arme. „Herzlich Willkommen, Mary Clarens" sagte er leise. Ich schluckte. „Danke Dad!" sagte ich und wischte mir eine Träne aus dem Gesicht, es war so kalt, das sie fast gefror. „Als Elsa mir sagte, dass du kommst, haben wir dein altes Zimmer wieder hergerichtet. Wir freuen uns sehr. Ohne dich wäre es kein richtiges Fest geworden." Er legte mir einen Arm um die Schulter, auch etwas, dass er nie zuvor getan hatte. Ich genoss die Zärtlichkeit des Mannes, den ich zu Anfang unseres Kennenlernens nicht gemocht hatte. Mirow wirkte nach außen hart und unnahbar. Er war einer der Ältesten der Gemeinschaft und trug unwahrscheinlich viel Verantwortung, Ich war undiszipliniert, frech und vorlaut gewesen, immer darauf bedacht, niemanden hinter meine gut erlernte Maske aus Arroganz, Egoismus und Überheblichkeit blicken zu lassen. Geoffrey war daran fast verzweifelt und es war nur Elsa, seiner Mutter zu verdanken gewesen, dass alles ein gutes Ende genommen hatte. Sie hatte mein wahres Ich erkannt und zu Tage gefördert.
Mein Blick glitt durch die dunkle Garage, kein Cadillac, das hieß kein

Geoffrey. Ich schlug meine Augen nieder, traurig, doch ich hatte es ja bereits geahnt...

„Komm, Kind, Elsa wartet mit heißen Kaffee auf dich, du hast dich verspätet." sagte Mirow weiter, er hatte meinen Blick gesehen, doch er überging das Thema liebevoll. Dafür war ich ihm dankbar. Mirow und Elsa wussten um meine Gefühle für ihren Sohn, sie wussten auch, dass Geoffrey etwas für mich empfand, doch die neun Jahre, die uns trennten waren für Geoffrey Grund genug, mich zu meiden. Geoffrey war der Meinung, ich sei mit meinen 20 Jahren fast noch ein Kind, ein Kind dass erst einmal etwas erleben musste, ein Studium, Reisen... erwachsen werden... Er war 29 Jahre alt und fühlte sich zu alt für mich...

Ich ging über den dunklen Innenhof, mein Weg führte mich zum Transporter. Ich hatte mein Handy darin vergessen, es steckte bestimmt noch in seiner Halterung. Ich wollte es bei der Kälte nicht draußen lassen. Den ganzen Nachmittag hatte ich mit Elsa und Lisa und Timothy verbracht. Immer um uns herum, Tom und Herkules, die Tiere beider Kinder, ihre Wächter..sie hatten den Kindern vor Monaten das Leben gerettet, als uns die Ghosts angegriffen hatten.

Wir hatten gespielt, im Schnee getobt und Elsa beim Dekorieren der großen Halle geholfen.

„Dieses Jahr wird Weihnachten noch schöner als alle Jahre zuvor. Dank dir Mary!" hatte Elsa wieder betont. Wir standen im Raum und sahen uns um. Ich hatte gewusst was sie meinte. Bevor ich in diesem Jahr unfreiwillig hier gebracht worden war, hatte das Kloster keinerlei Geldmittel gehabt. Ich hatte einen Fond eingerichtet, aus dem Elsa und Mirow alles nötige bestreiten konnten. „Wenn du nicht augenblicklich aufhörst, davon zu reden, Mam, drehe ich euch den Geldhahn wieder zu." hatte ich liebevoll gedroht. Ließ es jedoch zu, dass sie mich noch einmal in ihre mütterlichen Arme zog. Davon konnte ich nie genug bekommen..

„Das ist hier noch schöner, als in Hogwarts." meldete sich dann plötzlich Lisa nun zu Wort. Sie war der Meinung gewesen, lange genug ignoriert worden zu sein. Ich beugte mich zu den Kind herunter. „Woher kennst du denn Hogwarts?" fragte ich sie überrascht. „Dad liest uns jeden Abend aus Harry Potter vor." ließ sich Lisa vernehmen.

„Wirklich?" fragte ich überrascht. „Er sagt, wenn du die Bücher so liebst, Mary, können sie uns nicht schaden." bestätigte Lisa. „Und die Abenteuer sind so toll, fast so toll wie unsere, oder?"

Mein Herz begann zu rasen. „Geoffrey ist hier?" fragte ich Elsa, die jedoch ihren Kopf bedauernd schüttelte, ihr war das kurze Auf flimmern in meinen Augen nicht entgangen. „Er ist heute Morgen los,keine Ahnung, wohin. Er meinte, er müsste noch was besorgen und wüsste nicht, ob er es rechtzeitig bis zu deiner Abfahrt noch zurück schafft."

„Natürlich, Arschloch!" schimpfte ich wütend. Elsa hielt Lisa die Ohren zu und sah mich strafend an. Mit Genugtuung hatte sie gesehen, wie ich leicht rot anlief. Geoffrey hatte es also wieder geschafft, mir aus dem Weg zu gehen. Seit ich ihm im Sommer das Leben gerettet hatte, war er mir ausgewichen. Nicht ein einziges Mal hatte ich ihn sehen dürfen. Wütend unterdrückte ich meine Tränen und setzte ein Lächeln auf. „Wer hat Lust, einen Schneemann zu bauen?" fragte ich.

Jetzt schliefen die Kinder endlich und ich lief über den dunklen Innenhof... In der Hektik heute Mittag hatte ich mein Handy im Wagen vergessen. Jetzt war ich auf dem Weg, es zu holen...

Ich hatte die Garage erreicht und wollte gerade das Tor öffnen, als ich Stimmen vernahm, leise Stimmen, geflüsterte Worte.

„Sie hat sie irgendwo hingestellt. Einen ganzen Berg an Geschenken. Ich habe es genau gesehen." hörte ich die Stimme von Jimmi. Er war war einer der Jungen, die ich hier im Sommer kennengelernt hatte. „Aber wenn Mary es merkt, wird sie sehr böse werden." hörte ich Judy flüstern. „Ich will doch nur sehen, wie groß ihr Geschenk für mich ist." flüsterte Jimmi zurück. Beide Kinder schlichen an der Wand der Garage entlang, ich versteckte mich im Schatten und wartete, bis sie das Tor angehoben hatten. „Hab ich euch!" rief ich und freute mich, wie beide Jugendlichen zusammenschraken und aufschrien. „So etwas sieht der Weihnachtsmann aber gar nicht gern!"

„Wer? Der Älteste Mc. Laine?" japste Jimmi nach Luft. Ich lachte auf. Ich hatte den Ältesten im Sommer einen Weihnachtsmann genannt, das hatte sich schnell herum gesprochen hier im Kloster. „Blödmann" antwortete ich. „Was besseres fällt dir zu deiner Verteidigung nicht ein?" Ich griff in den Transporter und zog mein Handy hervor. Susan hatte zwei mal angerufen. Bestimmt wollte sie wissen, ob ich gut angekommen war. Wir beide hatten zwar eine Mentale Verbindung, doch die nutzten wir nur im Notfall. „Kommt, ihr müsst wie alle anderen bis Heiligabend warten." sagte ich bestimmt. Jimmi zog eine Grimasse, doch ich ließ mich nicht erweichen.

„Wenn du doch für immer bleiben könntest..." sagte Judy und zog mich in ihre Arme. Wir gingen über den Innenhof. „Es ist so langweilig hier ohne dich. Aber wenn wir das Hüter Mc. Laine erzählen, wird er ziemlich wütend." ergänzte Jimmi. „Er sagt, es sei deine Entscheidung, du musst deinen eigenen Weg gehen. Wir hätten nicht das Recht, dich hier einzusperren."

Ich war stehen geblieben und ließ mir Jimmis Worte durch den Kopf gehen, Jimmi war nur ein Jahr jünger als ich, er würde im nächsten Jahr zu mir auf meine Universität wechseln, ich hatte einige Fäden gezogen um das zu ermöglichen. Er hatte im Sommer erraten, was zwischen Geoffrey und mir ablief... wenn überhaupt etwas ablief... Ehe würde die Arktis schmelzen, als Geoffrey zu einem Gespräch über uns beide zu bewegen. Manchmal hatte ich es diesen Sommer geschafft, seine dicke Schicht aus Eis zu durchbrechen, dann war es leidenschaftlich geworden zwischen uns, nur um dann doppelt so weit von ihm weg geschubst zu werden. Jetzt könnten wir auf verschiedenen Kontinenten leben...

„Ich mein, ich verstehe dich, Mary!" sagte Jimmi jetzt wieder und legte seinen Arm kameradschaftlich um mich. „Ich freue mich auch, hier weg zu kommen, endlich mal was anderes zu sehen als Mauern und jeden Tag dieselben Gesichter."

„Das ist nicht so spannend wie du vielleicht glaubst." sagte ich Geistesabwesend. „Ich bin gerne hier. Hier bei meiner Familie." sagte ich und grinste, als Jimmi mir durch die Haare strich. Er war wie ein Bruder und so fühlte ich für alle Kinder hier.

Wir hatten unser Haus erreicht und ich ging in die Küche, mir etwas zu trinken holen. Die Kamera blinkte kurz. Ein Besucher? Um diese Zeit? Neugierig schlich ich wieder zur Haustür und weiter auf den Hof.

Das Tor öffnete sich, dank der neuen Anlage, automatisch und im dunkeln konnte ich zwei altmodische Scheinwerfer entdecken. Der Wagen fuhr jetzt über den großen Innenhof zur Garage. Das Tor wurde geöffnet und ich hörte einen derben unterdrückten Fluch. Die Stimme hätte ich immer und überall erkannt. Mir stockte fast das Herz. Nur um dann doppelt so schnell zu schlagen. Geoffrey war hier! Mein Gebet war erhört worden. Geoffrey Mc. Laine war Nachhause gekommen...

„Was? Wie? Was sucht der dämliche Transporter in meiner Garage!" hörte ich die Stimme von Geoffrey Mc. Laine laut fluchen. „Soll ich meinen Wagen etwa bei dem Schnee draußen stehen lassen?" schnauzte er empört.

Oh Ja, Geoffrey und sein geliebter Cadillac, ein Geschenk von mir. Ein Lächeln kam über meine Lippen. Ich hatte den Wagen im Sommer entdeckt und für ihn gekauft. Als Entschädigung für den Wagen, den er vor Jahren verloren hatte... Mich mochte Geoffrey Mc. Laine ja vielleicht nicht um sich haben wollen, doch von seinem geliebten Cadillac trennte er sich nie. Den liebte er über alles. Nicht mehr lange und er würde dem Wagen einen Heiratsantrag machen, dachte ich amüsiert.

Jetzt stampfte Geoffrey über den verschneiten Innenhof, in meine Richtung. Gleich würde er mir gegenüber stehen. Ob er sich freuen würde, mich zu sehen? Seinem Gesicht nach zu urteilen, nicht. Plötzlich kam mir eine Idee. Sollte der dämliche Wagen doch eine Nacht frieren! Sollte der gute Geoffrey sich totärgern. Ich rannte durch die Gänge, in mein Zimmer und verschloss die Tür hinter mir. In Windeseile zog ich mich aus, rein in mein erotischstes Negligee, das diesjährige Weihnachtsgeschenk von Susan, und schlüpfte ins Bett. Jetzt konnte ich Geoffrey den Gang entlang kommen hören, Ich spürte ihn, mein Muttermal kribbelte auf eine ganz besondere Art. Das tat es nur wenn Geoffrey in der Nähe war. Mein Herz raste, gleich würde ich ihn sehen, mich davon überzeugen können, dass es ihm gut ging...

Sein Vater lief neben ihm. „Geoffrey, Mary ist hier zu Besuch! Sei nett zu ihr. Sie schläft bestimmt schon. Und dein Auto kann doch wohl eine Nacht mal draußen stehen bleiben." hörte ich Mirows unterdrückte Stimme sagen.

„Der Transporter kann das besser ab. Wieso muss sie auch mit solch großem Wagen unterwegs sein! Und dass bei dem Wetter. Weißt du wie gefährlich das ist! Und hast du gesehen, wie sie geparkt hat!?" Geoffreys Worten folgte ein leiser Fluch. „Sie ist immer noch so waghalsig und unreif wie im Sommer."

„Geoffrey, Mary schläft bestimmt tief! Sie sah nicht gut aus, als sie heute Mittag hier ankam. Lass ihr den Schlaf. Sie braucht ihn dringend." hörte ich nun Elsas Stimme. „Klar, Mutter, gleich nachdem sie den Transporter rausgefahren hat, oder mir wenigstens die Schlüssel für die Karre gibt!" antwortete Geoffrey wütend.

Alles klar, dachte ich sarkastisch... sein geliebtes Auto war ihm also wichtiger als mein Schlaf. „Lass mich das machen, ich weiß nicht, wie Mary reagieren wird, wenn du unvermutet vor ihrer Tür auftauchst." sagte Elsa wieder. „Sie rechnet nicht mit dir in den nächsten Tagen." Jetzt waren alle drei vor meiner Tür stehen geblieben.

„Meinetwegen!" maulte Geoffrey grummelig. „Wollen ja nicht das das zartbesaitete Fräulein bei meinem Anblick erschrickt und in Ohnmacht fällt."

„Wie bitte???" dachte ich wütend. „War er so eingebildet, dass er glaubte ich würde bei seinem Anblick schwach werden??? Na warte, Geoffrey Mc Laine!" Er ahnte vielleicht um meine Gefühle für ihn, doch das hatte mich nie davon abgehalten, ihn zu bekämpfen, wo ich konnte. Zu tun, was ich für richtig hielt...

Dann hörte ich ein zaghaftes Klopfen. „Mary, Schatz, bist du wach?" fragte Elsa leise. Ich reagierte nicht. Wieder klopfte sie an. „Siehst du Geoffrey, sie schläft, es war auch eine lange Fahrt, und das bei dem Wetter. Sie ist erschöpft." hörte ich Mirow sagen. Ich stand hinter der Tür und schob mir die Faust in den Mund um nicht laut zu lachen.

„Mir egal. Mir reden hier von Mary, die ist hart im Nehmen!" erwiderte Geoffrey wütend.

Wie bitte???? dachte ich. Was fiel dem Blödmann ein!

Jetzt wurde lauter, energischer geklopft. „Mary? Mary Cooper Clarens. Mach die verdammte Tür auf und rücke die Wagenschlüssel raus." rief Geoffrey jetzt laut.

„Einen Augenblick!" rief ich leise um den Eindruck zu erwecken, ich würde gerade aufwachen. Dann ahmte ich Schritte nach und öffnete die Tür weit. Dann reckte ich mich ausgiebig. Es war zu köstlich...Vor meiner Tür standen Elsa, Mirow und Geoffrey und starrten mich sprachlos an.

„Ach du bist es bloß..." sagte ich gelangweilt und gähnte. „Du störst! Ich habe eben so erotisch von Johnny Depp und mir geträumt!" Ich reckte mich erneut und gähnte wieder. Das ohnehin kurze Negligee rutschte über meinen Po und enthüllte die sanften Rundungen. Der durchsichtige Stoff offenbarte mehr als er verbarg. Allen drei Menschen vor mir fielen fast die Augen aus dem Kopf.

„Kind, du gehörst schleunigst ins Bett, in dem Ding frierst du dir alles ab." sagte Elsa endlich, sie hatte sich als erste gefasst. Mirow hatte sich hochrot abgewendet, Geoffrey stand sprachlos vor mir, unfähig auch nur einen Ton zu sagen. Wo war seine energische Stimme geblieben? Sein herrischer Ton?... gut gemacht Mary Cooper Clarens, dachte ich und feierte innerlich eine Party mit Musik und Sekt. Das hatte ich wirklich gut gemacht...

„Ja, da war ich auch, aber irgendein Idiot schlägt gerade meine Zimmertür ein." antwortete ich und wieder reckte ich mich und wand mich wie eine Katze vor dem warmen Ofen. (Danke Susan Jenkins, Danke für das Geschenk, dachte ich) Geoffrey schwieg immer noch, seine Augen erfassten jede meiner Bewegungen, er schloss kurz seine Augen, doch er öffnete sie sofort wieder, begierig keine meiner Bewegungen zu verpassen. „Was gibt es denn um diese Zeit?" fragte ich dann honigsüß. Elsa kniff ihre Lippen zusammen um nicht in lautem Lachen auszubrechen. Ihr war Geoffreys Reaktion natürlich nicht entgangen. Alle drei schwiegen.

„Also wirklich Leute! Auch wenn wir alle untot sind, so müssen wir nicht die Nacht zum Tage machen Leute! Wir sind KEINE Vampire!" setzte ich hinzu.

„Man, was habe ich dein vorlautes Mundwerk vermisst!" brachte Geoffrey endlich hervor und erntete ein Lächeln von seiner Mutter. „Warum? Ihre Adresse hattest du doch, Sohn." sagte sie und schob Geoffrey beiseite. „Hast du plötzlich vergessen, was du von Mary wolltest?" fragte sie ihn. Dann wandte sie sich an mich. „Entschuldige Schatz. Mein idiotischer Sohn besteht darauf, sein Auto noch heute Nacht in die Garage zu fahren." sagte sie zu mir. „Elsa!" warf Mirow ein. Immer noch hatte er sich von mir abgewandt und starrte die Wand an. „Ist doch wahr! Kann er nicht bis morgen warten? Habe ich dich so erzogen, Sohn?" Elsa sah ihre beiden Männer strafend an. Ich lachte herzlich auf, wieder schoss Geoffreys Kopf zu mir, seine Augen blieben auf meinen Lippen hängen. „Also, Liebes, Geoffrey möchte sein heiß geliebtes Auto gerne in die Garage bringen." begann Elsa erneut. „Warum macht er das dann nicht?" fragte ich scheinheilig und stemmte meine Arme in die Hüften, wieder rutschte das Negligee hoch.

„Weil dein dämlicher Transporter drei, ich wiederhole, drei Parkplätze blockiert! Fahr ihn raus!" schnauzte Geoffrey mich jetzt an. „Mach es doch selber!" schnauzte ich zurück. „Wenn dir sein tolles Tüff Tüff Hup Hup so wichtig ist!" Ich erntete ein humorvollen Blick von Elsa, einen überaus wütenden von Geoffrey.

„Ohne Schlüssel?" fragte er wieder. Ich griff neben mich auf den kleinen Schrank und drückte ihm einen Schlüsselbund in die Hand. „Hier! Und viel Spaß damit!" sagte ich. „Habe ich jetzt endlich meine Ruhe?"

„Oh ja, meine Liebe!" antwortete Geoffrey gefährlich leise. „Ich werde dich garantiert nicht weiter belästigen." Immer noch war sein Blick auf mein Gesicht geheftet. So als könne er sich nicht satt sehen... oder ich hätte einen fetten Pickel auf der Nase. Na egal, beschloss ich. Auch ich zitterte vor Freude, ihn hier vor mir stehen zu sehen. Zu lange hatte ich auf diesen Augenblick gewartet. Doch ich hoffte, er würde mein Zittern nicht bemerken, oder es der Kälte zuschreiben.

Ich hob trotzig meinen Kopf und suchte seinen Blick. „Versprochen? Indianer Ehrenwort? Mögen dir alle Haare ausfallen, wenn du dein Wort brichst?"fragte ich und wartete. „Indianer-Ehrenwort. Mögen mir alle Haare ausfallen, wenn ich deine ach so kostbare Nachtruhe heute noch einmal störe." antwortete er. Er musterte mich ein letztes mal von Kopf bis Fuß. Dann drehte er sich um und verschwand. Mirow folgte ihm, es war ihm peinlich genug ergangen.

„Du hast dich ja leicht geschlagen gegeben." staunte Elsa. Sie blieb an meiner Tür stehen und wartete. Wie gut mich die Frau doch kannte...

„Nun ja, ich weiß nicht..." machte ich eine Kunstpause, „...wie Goffy den Transporter mit meinen Wohnungsschlüssel aus der Garage bekommen will!"

Ich hörte Elsa noch lachen, als sie die Treppe schon halb runter war. Ich krabbelte in mein Bett und zog mir die Decke bis ans Kinn. Unser Verhältnis ging also dort weiter, wo es im Sommer geendet hatte.. Dann hörte ich einen derben, lauten Fluch, der über den leeren Innenhof hallte. Zufrieden drehte ich mich auf die Seite und war Sekunden später eingeschlafen.

2.Kapitel

Ich stand in der Küche und wartete darauf dass der Kaffee durch den Filter gelaufen war. Knapp drei Stunden Schlaf waren mir vergönnt gewesen, seit ich wusste, Geoffrey war zurück. Ich hatte wach gelegen und wieder an den vergangenen Sommer gedacht, an Geoffrey, an mich, an uns.. Endlich, irgendwann war ich wieder eingeschlafen, nur um wenig später wieder unruhig im Bett zu liegen. Jetzt war ich frustriert aufgestanden und hatte die Kaffeemaschine angemacht. Draußen ging gerade die Sonne auf. Ein trauriges Lächeln kam über meine Lippen. Ich schloss kurz meine Augen und lehnte meinen Kopf gegen die kalte Fensterscheibe...

Heiligabend... heute war der 24. Dezember... mein Geburtstag, fiel mir ein. Heute wurde ich stolze 21 Jahre alt.

Nicht dass ich deshalb freudig erregt war. Bestimmt nicht. Mein Geburtstag war nie ein Tag gewesen, dem besondere Aufmerksamkeit gewidmet worden war. Ebenso wie Heiligabend oder den Feiertagen allgemein. Mutter war immer auf irgendwelchen Partys gewesen, Vater verreist. Nie hatte ich meinen Geburtstag feiern können, warum also sollte es heute anders sein? Ich hatte es hier niemanden erzählt und es konnte mir nur recht sein, wenn keiner es wusste. Ich hasste es, wenn man Aufsehen um mich machte...

Der Kaffee war fertig, ich schenkte mir einen Becher ein, und schaltete die Maschine dann aus. „Alles Gute zum Geburtstag Mary Cooper Clarens. Wieder ein Jahr überlebt!" prostete ich mir zu und trank einen Schluck.

Mit dem heißen Kaffee stellte ich mich wieder ans Fenster und grinste. Unter einem riesigen Haufen Schnee, so vermutete ich, stand der Cadillac. Es hatte so heftig geschneit in der Nacht, das der Wagen nicht mehr zu sehen war. Geoffrey würde vor Wut kochen. Geschah ihm recht, dachte ich. Was tauchte er auch so unvorhergesehen hier auf und brachte meine Gefühle komplett durcheinander!

Aber trotzdem schlich sich ein Grinsen in mein Gesicht, als ich an seinem Blick gestern Abend zurückdachte. Seinem Blick als ich ihm in diesem Nichts von Nachthemd die Tür geöffnet hatte...

Hinter mir hörte ich die Küchentür. Geoffrey betrat den Raum, ich musste mich nicht umwenden um das zu wissen, ich spürte seine Anwesenheit ohne ihn sehen zu müssen. „Kaffee!" schnauzte er und holte tief Luft, um das Aroma, das in der Luft lag, einzuatmen.

„Alle!" schnauzte ich zurück und trank geräuschvoll einen großen Schluck aus meinen Becher. Jetzt hatte er mich entdeckt. „Du!" seine Stimme wurde leise, gefährlich leise. „Du niederträchtiger, missratener Satansbraten. Du hast mich heute Nacht gelinkt! Du... Du..." Er blieb vor mir stehen und raufte sich die Haare, ach wie hatte ich diese einfache Geste doch vermisst. Er zerrte mich zum Fenster. „Sieh dir mein Auto an!" befahl er wütend. „Welches Auto? Ich sehe nur Schnee." sagte ich. Geoffrey sah hinter mir aus dem Fenster und stieß einen unflätigen Fluch aus. „Verdammt, mein Auto! Das ist nur deine Schuld!" fluchte Geoffrey. Zeit für mich, außer seiner Reichweite zu kommen. Ich duckte mich unter seinen Armen durch und hatte die Tür fast erreicht, als er mich am Arm zu fassen bekam, mein Kaffee schwappte aus dem Becher. „Hast du nichts dazu zu sagen?" schnauzte er, seine Hand auf meinen nackten Arm machte mich nervös. Verdammt, konnte er nicht Abstand von mir halten? Mich zu berühren, glich einer Folter. Ich hatte ihn so sehr vermisst, das wurde mir wieder mal klar.

„Hast du nichts dazu zu sagen!" schnauzte er wieder. Sein Griff wurde fester...„Äh... frohe Weihnachten?" fragte ich nervös, seine Augenbrauen schossen überrascht in die Höhe. „Na, heute? Heiligabend? Der 24.12? Maria, Josef, Jesus Baby, Krippe, Halleluja?" sagte ich erneut.

Plötzlich zog mich Geoffrey zu sich, ich wehrte mich, der Kaffee landete auf dem Boden. Genervt nahm er mir den Becher fort und stellte ihn achtlos auf den großen Tisch. Dann lag ich in seinen Armen. Er umfing mich, strich mit den Lippen über meinen Mund. Ich war perplex.

„Alles Gute zum Geburtstag, Mary Cooper Clarens. Heute wirst du 21." flüsterte er heiser. Seine Lippen senken sich auf meinem Mund. Ich vergrub meine Hände in sein Hemd und presste mich an ihn. Unsere

Münder fanden sich wie zwei Ertrinkende. Begierig auf die Wärme des anderen. Immer wieder, nicht endend wollend suchte seine Zunge meine. Geoffrey presste mich noch dichter an sich, ich spürte jeden Muskel seines Körpers, als er mich etwas hochhob, meinen Kopf festhielt, als ich mich von ihm lösen wollte. Wieder fand sein Mund meinen. „Geoffrey, ich, das..." konnte ich sagen. „Psst, halte deinen Mund." befahl er mir. "Wenigstens ein einziges mal."

Ich hörte Schritte, die sich der Küche näherten. Elsa war auf den Weg hierher. Wütend schlug ich Geoffrey auf die Brust, er musste seine Mutter doch ebenso hören wie ich. Doch statt seine Lippen oder seine Hände von mir zu nehmen, zog er mich zu einer kleinen Tür... und wir landeten in der Vorratskammer. Mit dem Fuß zog er die Tür hinter uns zu. Wieder suchte er hungrig meine Lippen, seine Zunge drang in meinem Mund und verhinderte auch nur einen klaren Gedanken in meinem Kopf.

Elsa kam in die Küche und drehte das Radio auf. Zum ersten Mal bemerkte ich, dass es Musik in der Küche gab. Sie sang laut den alten Schlager mit. Dann sah sie den Kaffee, den ich verschüttet hatte. „Verdammter Jimmi!" schimpfte sie . „Kann der nicht Kaffee trinken zur gesitteten Zeit, wie wir anderen auch?" Während die arme Elsa meinen Kaffee vom Boden wischte, standen wir in der Vorratskammer und küssten uns. Meine Hände fuhren unter Geoffreys Hemd und raubten ihm die Wärme seiner Haut, er vergrub sich in meinen Haaren, seine Lippen hart und wild auf meinen. Wieder begann Elsa zu singen. Sie ging an der Kammer vorbei und mir blieb fast das Herz stehen, als sie kurz stockte, die Tür berührte... "Ich Dummkopf!" sagte und wieder zur Kaffeemaschine ging. Wir standen in der Kammer, unsere Herzen rasten, ich konnte den heftigen Schlag von Geoffreys Herzen unter meinen Händen spüren. Er legte kurz seine Stirn gegen meine, er lächelte und versuchte Luft zu holen, mir erging es ähnlich.

Elsa sang jetzt einen Song der Back Street Boys mit, ich versuchte ein Lachen zu unterdrücken, Geoffreys Hand legte sich auf meinen Mund, dann zog er sie fort und küsste mich erneut. Verdammt, das machte süchtig, richtig süchtig... und war so was von verkehrt....

Elsa setzte Kaffee auf und trommelte mit dem Finger auf die Tischplatte, bis der Kaffee endlich in der Kanne war. Sie schenkte zwei Becher voll, kam wieder zum Vorratsschrank und blieb vor der Tür stehen. „Verdammt, wo hat Mirow jetzt den Zucker gelassen?" fragte sie in die Stille. „Ach richtig, den hat er ja in seinem Büro." Sie schlug die Tür, die sie bereits einen Spalt geöffnet hatte, wieder zu, nahm die Becher und verließ die Küche...

Wir stolperten aus der Vorratskammer, Geoffrey lachend, ich wütend. Ich schlug ihm gegen die Schulter. „Blödmann!" sagte ich. „Was sollte das !" Ich ging zur Kaffeemaschine und schenkte zwei Becher voll. „Nun, ich wollte dir zum Geburtstag gratulieren. Außerdem brauchtest du noch eine Revanche für dein verrücktes Nachthemd heute Nacht." sagte er grinsend. Dann fiel ihm wieder etwas ein. „Und das mit dem Schlüssel war eine ziemlich linke Sache!" Sein Grinsen verschwand und wich einem ärgerlichen Ausdruck.

„Deine arme Mutter! Stell dir vor, sie hätte die Kammer aufgemacht und uns darin gefunden. Was sollte sie dann denken! Und hast du nicht beschlossen, dass wir nichts anfangen sollten?" fragte ich ihn. „Wie war das? Was sagtest du letzten Sommer immer? 9 Jahre Mary, 9 Jahre sind zu viel!" Mein Atem ging noch immer unregelmäßig.

„Du hast angefangen! Das mit dem kurzen nichts von einem Hemdchen heute Nacht war ja wohl pure Absicht! Ich weiß nämlich, das du sonst einen Micky Maus Pyjama trägst." sagte er mit funkelnden Augen. Er hob seine Hand und strich mir einige unbändige Strähnen aus den Augen. Wieder wollte er mich an sich ziehen, doch wich ihm aus. „Lass es! Für dich bin ich doch nur eins deiner Kinder hier!" sagte ich wütend. Zornig fischte ich zwei Gummibänder aus meiner Hosentasche und band mir die Haare zu Zöpfen. Geoffrey grinste und schüttelte seinen Kopf. Es schien als wollte er etwas sagen, schwieg dann aber abrupt.

„Hallo, Guten Morgen Darling!" Eine dunkle Stimme mit leichtem russischen Akzent hinter mir, ließ mich zusammen zucken. Eine mir fremde Frau hatte die Küche betreten, ging zu Geoffrey und küsste ihn sanft auf die Wange. „Wem haben wir denn hier?" Sie bleib hinter Geoffrey stehen und sah auf mich herab. „Ich dachte, ich kenne alle deine Schüler." Sie legte ihre Hand besitzergreifend auf Geoffreys Schulter und sah mich an. Ich kannte diesen Ausdruck in ihrem Gesicht. Sie hielt mich keine Sekunde für eine von Geoffreys Kindern, doch sie wollte mir meinen Platz an diesem Tisch klarmachen. „Rina, das ist Mary. Mary ist zu Besuch bei uns." erklärte Geoffrey. „Mary, das ist Rina, sie kommt aus einem der Häuser in Europa. Man hat sie geschickt um etwas von dem zu lernen, das du uns im Sommer beigebracht hast."

Jetzt schossen Rinas Augenbrauen etwas in die Höhe. „Das ist die Mary? Ich habe sie mir... ähm etwas älter vorgestellt." sagte Rina. Das war eindeutig eine Beleidigung. Und mit Beleidigungen konnte ich nicht gut um. „Aber ja, ich bin Mary Cooper Clarens, Tante Rina." sagte ich in meinem honigsüßen Ton und klimperte mit meinen Augen. „Onkel Geoffrey und ich." Jetzt kicherte ich albern. „Onkel Geoffrey und ich haben viele Abenteuer erlebt, oder Onkel?"

„Mary!" sagte Geoffrey, sein Ton war warnend. Er suchte meinen Blick doch ich beugte mich trotzig über meinen Kaffeebecher. „Lass sie Darling. Du sagtest bereits, dass Mary Probleme mit dem Umgangston hat. Aber dass wird sie noch lernen. Sie hat noch Zeit erwachsen zu werden. Sie ist ja noch so jung. Mit dir als Lehrer wird es es lernen. Da bin ich mir sicher."

„Och..." sagte ich so schnoddrig ich konnte. „Das hat Onkel Geoffrey auch schon versucht. Ach was hat er nicht schon versucht, mir meine freche, egoistische, verwöhnte Art abzugewöhnen. Doch..." Jetzt warf ich theatralisch meine Arme in die Höhe. „Sehen sie auch nur einen Anflug von Erfolg bei seiner Erziehung? Ich bin und bleibe ein schwererziehbares Kind." Ich erhob mich. Mir war der Augenblick, der Augenblick mit Geoffrey verdorben worden... Er hatte sich eine Frau mitgebracht. Eine schöne Frau, etwa 30 Jahre alt. Beide schienen ziemlich vertraut, ich kochte vor Wut. Was fiel dem Idioten ein, mich so zu küssen, wenn hier im Haus eine andere Frau auf ihn wartete.

„Mary, es reicht!" befahl Geoffrey mir jetzt. „Rina ist unser Gast." Er beugte sich nun zornig über den Tisch zu mir. „Na dann, Onkel Goffy wird es spaßig, wetten?" wiederholte ich lächelnd. „Fröhliche Weihnachten!" Unsere Blicke fochten einen unsichtbaren Krieg. Keiner von uns beiden war bereit nachzugeben. Wir hatten diese dämliche Rina vollkommen vergessen.

Elsa betrat die Küche und rettete mich, ich war drauf und dran, Geoffrey zu Ohrfeigen, so wie ich es bereits schon mal getan hatte. Was für ein

Arsch.

„Ach hier bist du, Mary!" sagte Elsa. Ihr Blick erfasste mich, Geoffrey und blieb an Rina hängen. „Mirow möchte dich gerne in der großen Halle sehen, wenn du Zeit hast." sagte sie und gab mir einen Kuss auf die Stirn. „Guten Morgen Schatz." Sie betonte das letzte Wort. Wieder ging ihr Blick zu Rina. Elsa mochte die Frau nicht, etwas, was mir gut tat.

„Guten Morgen, Mam." antwortete ich und sah mit Genugtuung, wie Geoffreys Kopf bei meinem letzten Wort in die Höhe schoss. „Hat Dad gesagt, was er will?" Wieder zuckte Geoffreys Kopf in meine Richtung. „Nein, Schatz aber ich denke, es geht um den Tannenbaum den ihr heute aufbauen wolltet." Ich nickte, so als würde es mir gerade erst wieder einfallen. „Klar, Mam. Lisa, Timothy und ich wollten ja helfen, wenn die anderen beschäftigt sind. Dad freut sich schon." Ich sprach die Kosenamen von Geoffreys Eltern so locker aus, als würde ich beide bereits seit Jahren Mam und Dad nennen.

„Rina, geben sie mir doch bitte zwei Dutzend Eier aus dem Vorratsschrank." sagte Elsa nun. Ihr gefiel es anscheinend ebenso wenig wie mir, wie sich die Frau an Geoffrey klammerte.

Unwillig wich die Angesprochene von Geoffreys Seite und ging zur Tür, die Elsa ihr wies. „Hatte ich doch vorhin glatt vergessen, die Eier aufzusetzen." sagte Elsa weiter. Ihr Lächeln verbreitete sich, als sie sah wie Geoffreys und auch mein Gesicht rot anliefen. Rina wühlte unwillig im großen Schrank, es passte ihr überhaupt nicht, für solch niedrige Arbeit benutzt zu werden. Ich erhob mich und schob Rina beiseite. „Lass mich das machen Mam." sagte ich betont heiter. „Mit Eiern kann nicht jeder umgesehen." Ich holte 2 große Pakete aus dem Schrank. „Eier sind wie Männer. Ein wenig zu viel Druck... und sie zerbrechen und hinterlassen eine Menge Schweinerei." Elsa kicherte herzhaft. Rina schnaubte, Geoffrey schwieg und beugte sich über seinen Becher. Er schien in Gedanken.

„Mam, Dad?" konnte Geoffrey sich nun nicht mehr zurückhalten. „Aber ja. Endlich habe ich eine richtige Familie. Eine Mutter, einen Vater, zwei kleine Geschwister und..." Ich ging zu Geoffrey schubste Rina, die wieder hinter ihm stand, beiseite. Mit Genugtuung sah ich wie die Frau überrascht durch die Küche stolperte. Hätte ich etwas kräftiger geschubst, wäre sie glatt durch die Scheibe gegangen. "...und ein mich liebenden Onkel!" Ich drückte Geoffrey einen absichtlich feuchten Kuss auf den Kopf. Dann hüpfte ich kindisch durch die Küche, meine Zöpfe wippten im Takt dazu.

„He, vergiss mein Auto nicht! „ schnauzte Geoffrey. „Den wirst du mir freischaufeln! Der Cadillac kommt in die Garage! Dein dämlicher Transporter kann draußen stehen!"

An der Tür drehte ich mich um, grinste und zeigte Geoffrey Mc. Laine den Mittelfinger.

Wütend stampfte ich über den Innenhof, Richtung große Halle. Dieser dämliche Idiot! Was fiel ihm ein, mich zu küssen als ginge morgen die Welt unter, während seine neuste Errungenschaft friedlich in ihrem... oder seinem...? Bettchen schlummerte! Dieser Kuss. Ein unangebrachtes, schwachsinnig wirkendes Lächeln glitt über meine immer noch brennenden Lippen. Noch nie war ich so geküsst worden. Hätte Elsa uns nicht gestört, was wäre dann passiert? Unsere Gemüter waren so erhitzt gewesen. Hätte Geoffrey mich in sein Zimmer gebracht, hätte er... innerlich schlug ich mir eine Ohrfeige, wahrscheinlich hätten wir dort einen flotten Dreier machen können. Er, ich und diese Rina. Was war das eigentlich für ein doofer Name und dieser Akzent!

Dann traf mich etwas hartes an der Schläfe. Wie ein angeschossenes Reh drehte ich mich um meine eigene Achse und fiel der Länge nach in einen Schneehaufen."Vorsicht!" hörte ich eine angenehme, dunkle Männerstimme rufen. Na toll, jetzt, da ich bereits niedergestreckt hier lag! Eilige Schritte näherten sich. Ich wurde aus der Schneewehe gehoben und an einen breiten Männerkörper gedrückt. „Mist, ich habe einen Engel gekillt!" hörte ich die Männerstimme fluchen. Er zog mir jetzt die Pudelmütze vom Kopf und strich meine Haare beiseite. "Wohl eher nicht." hörte ich die Stimme von Jimmi, wie durch Watte. „Das ist Mary. Und die hat mit einem Engel ebenso viel Ähnlichkeit wie King Kong mit einer Balletttänzerin."

Hatte er das gerade wirklich gesagt? Hatte der Junge mich mit King Kong verglichen? Meine Hände schossen vor, um Jimmi am Hals zu packen, doch stattdessen erwischte ich den Kragen einer dick gepolsterten Winterjacke. „Hallo Mary!" sagte die Männerstimme. „Hallo Traummann..." antwortete ich benommen. Rings um uns herum Gelächter. „Versuche es mit Kevin, das ist kürzer." sagte die dunkle Männerstimme. Er hob mich jetzt hoch und ich stöhnte, mein Kopf dröhnte. „Was ist passiert? Hat sich jemand das Nummernschild des Lasters notiert?" fragte ich. Wieder Gelächter. „Bring sie zu Elsa. Die kennt sich aus mit Erste Hilfe." bestimmte Jimmi grinsend. Und so war ich wieder auf den Weg in die Küche, den Raum, den ich eben mit dem letzten Rest meiner Würde hinter mich gelassen hatte.

„Du bist direkt zwischen die Fronten unserer Schneeballschlacht geraten." berichtete Kevin, während er mich mit schnellen Schritten zur Küche trug. „Womit habt ihr geworfen? Mit Eisbrocken?" sagte ich träge. Mein Kopf schien schier zu zerspringen. Jimmi riss die Küchentür vor uns auf und Kevin trug mich in den warmen Raum. „Erste Hilfe!" rief er. „Notfall!"

Geoffrey sprang auf, sein Stuhl kippte nach hinten, es interessierte ihn nicht. Er eilte um den großen Küchentisch und blieb erschrocken vor Kevin stehen. „Was ist passiert?" wollte er von Kevin wissen. „Der Engel hier..." Kevin wies mit dem Kinn auf mich in seinen Armen, „... flog verträumt über den Innenhof. So Gedankenverloren, dass sie nicht gemerkt hat, dass sie zwischen die Fronten unserer alljährlichen Schneeballschlacht geraten ist." berichtete Kevin. Er trat einen Schritt zurück, als Geoffrey seine Arme nach mir ausstreckte. „Und dann traf mich ein Bus." sagte ich schwach. „Gib sie mir!" verlangte Geoffrey, doch Kevin schüttelte entschieden seinen Kopf. Die Bewegung bereitete mir erneut Kopfschmerzen und ich verzog mein Gesicht. „Nein!" sagte Kevin. „Lass den Blödsinn und gib mir Mary!" verlangte Geoffrey wieder. „Sorry, Bruder des Herzens. Ich hab sie erlegt, sie gehört mir!" widersprach Kevin. Im Hintergrund hörte ich Elsa leise schimpfen. „Das war dein Schneeball, der sie getroffen hat?! Der hätte sie töten können!" schnauzte Geoffrey jetzt gefährlich leise. Er strich mir das lange Haar aus dem Gesicht und besah sich meine Schläfe. Er fuhr mit dem Finger sanft über den bereits verfärbten Fleck und wieder verzog ich mein Gesicht. „Du tust dem süßen Engel weh!" sagte Kevin, er wich erneut zurück, aus Geoffreys Reichweite. „So schnell stirbt unsere Mary nicht." sagte Elsa aus ihrer Ecke. „Und selbst wenn, du weißt Mary hat unbegrenzte

Vielfliegermeilen."

Ich hörte Geoffrey schnaufen. „Du Idiot, du mit deiner dämlichen Schneeballschlacht jedes Jahr!"

„Reg dich nicht so auf, war doch nur ein harmloser Schneeball." hörte ich jetzt die Stimme dieser Rina sagen. „Ich möchte wetten, das Kind simuliert."

Die war auch noch hier im Raum? Sie wagte es, mich ein Kind zu nennen? Wut kam in mir hoch. Ich krallte meine Hände wieder in die flauschige Jacke, ließ meine Lider gekonnt flattern und hauchte: „Traummann, mir wird schwindlig." Wieder streckte Geoffrey seine Arme nach mir aus, Kevin schüttelte seinen Kopf.

Ich kam mir ein saftiger Knochen vor um den sich zwei hungrige Hunde stritten.

„Schluss jetzt!" donnerte Elsa durch die Küche. „Kevin, setz dich mit Mary an den Ofen. Wärme wird ihr gut tun!" Sie kam und brachte ein warmes Tuch, dass sie mir gegen die Stirn drückte. „Mary ist bei Kevin in guten Händen!" sagte sie bestimmt. „Oder Liebling, du fühlst dich doch wohl bei ihm?" Dann zwinkerte sie mir verschwörerisch zu.

„Oh ja!" hauchte ich und hörte mit Genugtuung, wie Geoffrey leise knurrte. Elsa wandte sich zu ihm um. „Und du, mein Sohn. Du hebst jetzt brav deinen Stuhl auf und zeigst Mrs. Galliwow..." „Miss!" unterbrach sie Rina wütend. „Du zeigst ihr jetzt die Renovierungsarbeiten, die du veranlasst hast. Geh bei deinem Vater vorbei und sage ihm, dass Mary später kommt!"

„Viel später." flüsterte ich, doch so laut, dass Geoffrey es hören konnte. Sekunden später hörte ich die Küchentür mit lautem Knall ins Schloss fallen.

Es dauerte einen Augenblick, dann konnte ich mich an den Tisch setzen und Elsa brachte mir einen Becher heißen Tee. „Trink, Schatz, das wird dir gut tun." Dann reichte sie mir zwei Kopfschmerztabletten. „Das gibt einen ordentlichen blauen Fleck." sagte Kevin betreten. „Tut mir echt leid."

Ich winkte ab. „Hab schon mehr abbekommen. Allein bei der Schlacht gegen Jerry letzten Sommer hatte ich unzählige blaue und grüne Flecken." sagte ich salopp. „Jerry?" fragte Kevin.

„Sie meint Gregorius." warf Elsa vom Herd her ein. „Das darfst du
bei unserer Mary nie so ernst nehmen."„Du bist die !Mary? Geoffreys
Mary?" fragte Kevin jetzt. Seine Augen wurden riesengroß. „Als
Geoffrey mir von dir erzählte, habe ich mich dich eigentlich ganz anders
vorgestellt." Seine Augen glitten über meine Gestalt. Ich verzog mein
Gesicht. „Lass mich raten, irgendwie eine Mischung zwischen Wonder-
woman und Jessica Rabbit?" fragte ich ihn und erntete ein umwerfendes
Lächeln.
„Ich bin Kevin Spencer. Ein Ehemaliger aus dem Kloster hier, Geoffreys
bester Freund, na ja, bis vor wenigen Minuten wahrscheinlich, und jedes
Jahr bin ich hier um bei den Weihnachtsvorbereitungen zu helfen." Ke-
vin reichte mir seine Hand, in die ich einschlug. „Ich bin Mary Cooper
Clarens. Keine Ehemalige, aber irgendwie auch mit dem Kloster verbun-
den. Ich komme öfter hier vorbei." erklärte ich. Kevin nickte. „Ich weiß,
Geoffrey erzählt sehr oft von dir. Und ich glaubte er übertreibt. Doch
jetzt da ich dich kenne..."
„Liebling, Mirow wartet auf dich." erinnerte mich Elsa und ich erhob
mich. „Klar Mam. Entschuldige." sagte ich und erntete einen fragenden
Blick von Kevin. Er half mir in meine Jacke und zog sich ebenfalls an.
„Ich bringe dich zu ihm Engelchen. Nicht dass dir unterwegs wieder
schwindlig wird." Er reichte mir seine Hand, die ich ergriff und ihm
nach draußen folgte. „Na Mahlzeit!" hörte ich Elsas Stimme, als ich die
Tür schloss.

„Eine Frage. Was läuft da zwischen dir und Geoffrey?" Kevin führte
mich über den Innenhof, immer noch meine Hand haltend. „Nichts"
sagte ich und hoffte meine Stimme hätte nicht allzu bitter geklungen.
„Goffy war mein ehemaliger Geschichtslehrer in meinem Internat damals. Er hält sich Millionen Jahre zu alt für mich." Wütend stieß ich mit
der Schuhspitze in eine Schneewehe.
„Wieso? Wie alt bist du?" fragte Kevin mich. Liebevoll zog er meine
Mütze zurecht und schob meine widerspenstigen Haare darunter.
„Du weißt schon dass es unhöflich ist eine Frau nach ihren Alter zu
fragen, oder?" sagte ich, dann seufzte ich und erinnerte mich daran, dass
ich ja heute Geburtstag feierte. „Ganze 21." sagte ich dann.

„Und dieser Idiot glaubt, er wäre zu alt für dich? Er ist doch nur knapp 9 Jahre älter als du. Ich bin genauso alt wie Geoffrey und habe da absolut keine Probleme." Kevin hob etwas Schnee auf und ließ ihn durch die Luft rieseln. „Also, Mary Cooper Clarens. Es wäre mir eine Ehre, wenn ich um sie werben dürfte!" rief er dann. „Ich bin vielleicht nicht so attraktiv wie ein gewisser anderer, aber... Als Ersatz ganz tauglich."
„Vergiss es Blödmann!" antwortete ich. Ich lachte herzhaft auf. Mein Muttermal kribbelte, Geoffrey stand unvermutet hinter uns. „Mary, Dad wartet!" sagte er finster. Er schien die letzten Worte unseres Gesprächs mitbekommen zu haben... „Bin doch auf den Weg zu Dad." antwortete ich trotzig. „Beruhige dich Bruder." sagte Kevin grinsend.
„Mam, Dad, Bruder!" Geoffrey raufte sich die Haare und stapfte davon. „Wie schön war es doch, als ich noch Einzelkind war."

„So, wer steckt jetzt den Engel auf die Spitze?" fragte ich lächelnd. Mit viel Gelächter und Spaß hatten Lisa, Timothy, Kevin und ich den Tannenbaum geschmückt. Jetzt betrat Geoffrey den Raum, gefolgt von Rina, die wieder schmachtend an seinem Arm hing. Langsam kamen sie zu uns. Sofort sank meine gute Stimmung auf den Gefrierpunkt.
„Gute Arbeit!" lobte Geoffrey uns. „Nur der Engel fehlt."
„Den soll Mary dieses Jahr aufstecken!" bestimmte Lisa. „Sie ist doch unser guter Engel." Sie schmiegte sich an mich und wich der Hand von Rina aus, die das Kind zu sich ziehen wollte. „Du bist zu kalt!" schimpfte Lisa. Gutes Kind, dachte ich schadenfroh. „Aber ich habe doch warme Hände." versuchte Rina das Kind zu locken. „Die meine ich auch nicht." sagte Lisa ernst. Timothy schob sich beschützend zwischen Rina und mich. Herkules folgte und knurrte leise. Eine unangenehme Pause entstand.
„Komm, Mary, ich hebe dich hoch, dann kannst du den Engel anstecken." erbot sich Kevin schnell um die Situation zu lockern. Er wollte mir seine Hände um die Hüfte legen, wurde jedoch von Geoffrey beiseite geschoben. Schweigend hob er mich hoch und hielt mich einen Moment an sich gedrückt, bevor er mich mühelos zum Tannenbaum trug. Kevin reichte mir den Engel, ein wunderschönes, sehr altes Stück, und ich steckte ihn mit zittrigen Händen auf die Spitze des Baums. Obwohl

mich Geoffrey hielt, blieb Kevin neben mir und stützte meinen Arm, den ich ausgestreckt hatte. „Vorsicht, Süße, ein Unfall am Tag reicht." sagte er mit einem Grinsen im Gesicht. „Sie ist nicht deine Süße!" knurrte Geoffrey. Kevins Grinsen war seine einzige Antwort.

„Niedlicher Baum." ließ sich Rina wieder vernehmen. Ihr gefiel die Aufmerksamkeit beider Männer für mich nicht. Das merkte ich. „Unser Tannenbaum Zuhause ist ja wesentlich größer, aber unser Haus ist ja auch größer." sagte sie herablassend.

„Tja, haben sie da nicht direkt Heimweh nach Zuhause?" Elsa hatte den Raum betreten und sich zu uns gesellt. Auf einem Tablett standen Gläser mit Eierpunsch, die sie nun verteilte. „Feiert man in Russland nicht erst am 6. Januar? Wenn sie heute noch packen, schaffen sie es noch rechtzeitig." Ehe Geoffrey antworten konnte, wandte sich Elsa an mich. „Das habt ihr schön gemacht Kinder. Wirklich schön. Dieses Jahr wird wunderschön. Endlich haben wir genug Geld für alles. Es ist wie ein Wunder." sagte sie und wischte sich eine Träne aus dem Auge. Ich stieß sie warnend in die Seite.

„Apropos Geld..." begann Rina plötzlich. Es schien als habe sie nur auf das Thema gewartet. „Sie haben hier ja wirklich unglaubliches geschaffen im Kloster. Was für eine Veränderung zum letzten mal. Ihr... ihr Mäzen scheint ja ziemlich vermögend zu sein." Sie gurrte jetzt und erinnerte mich an eine Brieftaube, legte Geoffrey eine Hand auf den Arm und sah ihn erneut schmachtend an. „Vielleicht könntest du ihn mir mal vorstellen?" Sie lachte leise. „Ich bin ja für die Finanzen allgemein verantwortlich und ziemlich neugierig, wie ihr jemanden gefunden habt, der euch so großzügig unterstützt. Er scheint euch ja wirklich viel Geld zukommen zu lassen."

Schweigen breitete sich im Raum aus, betretenes Schweigen. Jeder im Raum wich ihrem Blick aus und war plötzlich sehr beschäftigt...

"Weißt du Katharina." sagte Geoffrey ernst und jetzt wusste ich woher der Name Rina kam. „Weißt du Katharina, unser großzügiger Spender hat zur Bedingung gemacht, dass wir Stillschweigen bewahren. Der Spender möchte nicht auf die Summe seines Geldes reduziert werden." Er warf mir einen sehr kurzen Blick zu. „Kann ich verstehen." warf ich ein. „Viel zu oft wird man gerade wegen seines Geldes falsch eingeschätzt, oder Geoffrey?" das war ein Seitenhieb auf ihn, auf das was er im vergangenen Sommer zu mir gesagt hatte. Er hatte mich verstanden. Ein leises Grunzen war seine Antwort.

„Was mischen sie sich denn da ein!" antwortete Rina schnippisch. „Mit ihnen redet niemand!" Dann wandte sie sich erneut an Geoffrey „Ich mein, es wäre ja nur schön, ihm mal zu treffen und ihm zu sagen, wie viel Gutes er mit seinem Geld bewirkt."

„Ich denke, das weiß er. Das bekommt er hautnah mit." ließ sich Elsa vernehmen. „Und auch ihr äußert freundliches Verhalten unseren geliebten Besuchs gegenüber." Wütend funkelte sie Geoffrey an. Doch dieser schwieg nur. Zornig schob sie sich an Geoffrey vorbei.

Dann kam sie zu mir und schob mich energisch zu Kevin. „Kinder, was haltet ihr davon, den Transporter leer zu machen und die Geschenke rein zu holen? Geoffrey, Miss Galliwow, und ich, holen die anderen, die ich im Büro gestapelt habe." Elsa lächelte. „Das erste Fest, dass wir den Kindern wirkliche Geschenke machen können." Sie wischte sich erneut eine Träne von ihrer Wange. Kevin half mir in meinen Mantel und zog mir die Pudelmütze über den Kopf. „Kommt Lisa, Timothy, ihr könnt uns helfen." sagte ich schnell, als Geoffrey sich uns näherte. Ich beugte mich zu den Kindern und half ihnen in die Jacken. Geoffrey ignorierte ich wütend. Katharina hatte mich vor allen Augen beleidigt, er hatte mich nicht verteidigt. Der Idiot konnte mich mal!

Im Innenhof trafen wir auf einige Jugendliche, die aus lauter Langeweile mehrere große Schneemänner gebaut hatten. Sie schlossen sich uns an. Der Transporter stand jetzt neben der Garage. Geoffrey hatte ihn, nach einigem Gerangel um den Schlüssel, auf den Hof gefahren.

Unter lautem Lachen wurden die Pakete aus dem Transporter gereicht, die Jugendlichen halfen. Die Jugendlichen halfen und jeder brüllte, wenn er seinen Namen auf einem Schild entdecken konnte. Jimmi hatte sein Päckchen gefunden und rannte damit über den Hof, wurde von Kevin eingeholt und beide landeten lachend in einem Schneehaufen, als es ein Gerangel um das Paket gab.

Wir trugen die ganzen Pakete ins Haus, der Platz unter dem großen Tannenbaum lag schon gut gefüllt bereit, als ich meine Geschenke dazu legte.

„Endlich mal keine weichen Pakete." seufzte Jimmi und legte mir einen Arm um die Schulter. Es tat gut, die Zuneigung der Kinder zu spüren.

„Weiche Pakete?" fragte ich. „Na ja... Pullover, Unterwäsche, Socken, alles Pakete die sich eindrücken lassen." flachste Jimmi. „Freu dich nicht zu früh, Junge." war Elsas Antwort.

„Was für eine Verschwendung!" ließ sich Rina vernehmen. Mein Kopf schoss herum. Was fiel dieser dämlichen Kuh ein? Was für ein Problem hatte sie? Wollte sie uns das Weihnachtsfest versauen? „Das Geld hätte man doch besser verwenden können, statt Kinder zu verwöhnen. Die Kinder sollten Bescheidenheit lernen." sagte sie weiter, ohne mich zu beachten. „Es sind Waisenkinder, die hier ein Heim und Schutz gefunden haben. Das sollte ihnen reichen!"
Es reichte, es reichte mir. Ich schwang zu ihr herum, die Hände zu Fäusten geballt. Noch solch ein dämlicher Satz aus ihrem Mund und sie würde an meiner Faust ersticken. Zielsicher ging ich auf sie zu.
Geoffrey hatte mich bemerkt und kam zu mir, eine Hand um meine Schultern, die andere umschloss meine Fäuste. Ich war immer noch wütend auf ihn, doch trotzdem. Seine Wärme wirkte beruhigend auf mich, ich stieß hart die angehaltene Luft aus. „Katharina. Wir feiern Weihnachten das erste Jahr endlich mal ohne finanzielle Sorgen! Unterlass deine unangebrachten Sprüche! Es ist unserem Mäzen wichtig." das letzte Wort betonte Geoffrey. „Sehr wichtig, den Kindern hier Freude zu bereiten. Würden wir dies nicht tun, würde ich mich in seinen Augen schuldig machen! Was ist der Leitspruch für unseren Fond?" Geoffrey drückte meine Schulter. „Kinder sind unsere Zukunft. Nur wenn wir sie gut behandeln, haben wir auch eine gute Zukunft." zitterte ich, den Spruch, dem ich dem Geldfond zugegeben hatte.
Eine kleine goldfarbene Tafel mit diesem Spruch war am Tor des Klosters angebracht worden, darunter die Initialen meines Vaters als Gedenken an ihn.
Wieder schnaubte Katharina sehr UN-damenhaft als ich sprach. Sie tat meine Worte als uninteressant ab. „Ich mein ja nur, diese ganzen Pakete! Die Hälfte hätte es auch getan." Rina gab sich nicht geschlagen. „Die reinste Verschwendung, meinst du nicht?" Geoffrey antwortete nicht. Jetzt wandte sie sich an Kevin. „Ich denke, ich werde mir diese Verschwendung heute Abend nicht antun! Ich werde wohl in meinem

Zimmer bleiben!" sagte sie wütend. Kevin zog Katharina beiseite und zwinkerte mir zu. Meine Fäuste zuckten unkontrolliert. "Ich will nur einmal zuschlagen. Nur einmal, ganz kurz. Bitte." flüsterte ich. Geoffreys Griff wurde stärker. Ohne Mühe hielt er meine Fäuste fest. Unmöglich, mich von ihm zu lösen... Ich staunte. „Habe ich dir doch zu viel meines Elixiers gegeben?" flüsterte ich wütend und er schenkte mir ein Grinsen. „Psst!" machte er nur, ich verstand.

„So Leute!" Mirow erhob seine Stimme, er hatte, wie üblich, nichts vom Geschehen um sich herum mitbekommen. „Umziehen, in einer Stunde treffen wir uns hier wieder!" Er winkte und scheuchte uns alle aus dem Raum, den er hinter uns sorgfältig verschloss. Ein allgemeines Murren erscholl, doch Mirow steckte lachend den Schlüssel in seine Tasche. „Wer noch Hunger hat, kann in der Küche eine Kleinigkeit essen. Elsa hat dort ein Büfett aufgebaut." Wieder scheuchte er uns durch den Gang. „Beeilt euch, Kinder! Wer zu spät kommt, geht leer aus!" rief er fröhlich. Sofort zerstreuten sich die Kinder in alle Richtungen.
Ich eilte in mein Zimmer. Dort griff ich mein Handy und rief Susan an. Ich musste meiner besten Freundin unbedingt von den Geschehnissen hier berichten. Susan war sofort am Apparat und lauschte mir bedingungslos. Wie es sich für eine beste Freundin gehörte, verdammte sie diese Rina ebenso wie ich es tat. Das war Balsam für meine arme Seele.
„Hör zu, Süße!" jetzt hatte Nick, Susans Verlobter, das Handy in der Hand. „Es ist vielleicht nichts... aber sei in den nächsten Tagen bitte vorsichtig." er holte kurz Luft. „Hier treiben sich merkwürdige Typen herum. Sie stellen komische Fragen. Meine Mutter sagt, sie seien bereits drei mal hier gewesen. Sie wollen wissen, wo wir uns letzten Sommer aufgehalten haben und behaupten, von der Polizei zu sein..." Nick schluckte. „Ich habe sie abwimmeln können, doch..." er redete nicht weiter. Wieder nahm Susan das Telefon. „Nick ist und bleibt ein Weichei. Mach dir keine Sorgen, Liebes. Feier schön, und tritt dieser Modepuppe für mich in den Arsch." Sie schloss das Gespräch. Mein Blick zur Uhr sagte mir, das ich zu viel Zeit vertrödelt hatte. Hastig zog ich ein Kleid aus dem Schrank und merkte erst, als ich es angezogen hatte, dass es das Kleid war, welches ich diesen Sommer für ein Date mit einem Polizisten Namens Ralph Stettson gekauft hatte. Wieder schossen tausend Erinne-

rungen durch meinen Kopf. Während ich mir die passenden Strümpfe über die Beine zog, träumte ich wieder von dem Tanz, der Tanz, den ich mit Geoffrey getanzt hatte. Wir hatten so gut zusammen gepasst, waren harmonisch über die Tanzfläche geglitten... bis Gregorius uns gestört hatte... Ich schloss meine Augen und drehte mich durch den Raum... „Mary, es wird Zeit." das war Geoffreys Stimme. Er klopfte ungeduldig gegen meine Zimmertür und wartete. „Mary! Bist du eingeschlafen?" rief er laut. Schnell suchte ich meine Schuhe und öffnete die Tür. Geoffrey trug wie immer seine Lederjacke, eine schwarze Jeans. Doch er hatte sich zur Feier des Tages eine Krawatte umgebunden. Der Knoten hing etwas schief. Ich lächelte. „Warte!" sagte ich und zog ihm den Knoten zurecht. Eine Sekunde lang hielt er meine Hände umfangen. „Ich habe gehofft dass du dieses Kleid anziehen würdest." sagte Geoffrey leise. Er strich mir mit den Lippen sanft über die Stirn. „Diesmal keine Kriegsbemalung?" fragte er grinsend. Wieder eine Erinnerung an unseren Streit im letzten Jahr deswegen.... Keine Zeit. Telefonat mit Susan." sagte ich kurzatmig. „Soll schön grüßen." Von Nicks Bedenken würde ich ihm morgen erzählen, beschloss ich, während ich neben ihm zur großen Halle schritt.Er zog meine Hand zu sich und verknotete unsere Finger. Ich schwieg und genoss den Moment.

3. Kapitel

„Happy Birthday, Happy Birthday to you!" erscholl es laut, als Geoffrey die große Tür aufstieß. Alle hatten sich dort versammelt. Elsa saß am Klavier und spielte, während die anderen mir ein Ständchen sangen. „Was, wie, ich..." zum ersten mal war ich sprachlos. Den ganzen Tag über hatte niemand auch nur ein Wort über meinen Geburtstag verloren, alle hatten getan, als wüssten sie nichts davon. Jeder hatte nur von Heiligabend und Geschenken gesprochen. Nie in meinem Leben hätte ich mit solch einer Überraschung gerechnet. Tränen liefen mir übers Gesicht. Ich wendete mich zu Geoffrey um, der mich sanft in den Raum schob.

„Hast du allen Ernstes geglaubt, wir hätten deinen Geburtstag vergessen?" fragte er mich so leise, es war nur für meine Ohren bestimmt. „Alles Gute, noch einmal." flüsterte er und küsste mich liebevoll auf die Stirn. Dann wurde ich herumgereicht, jeder drückte mich und umarmte mich. „Ich habe es gewusst, aber brav meinen Mund gehalten." erklärte Lisa laut und erntete lautes Lachen. Mir liefen ungehindert die Tränen übers Gesicht. Ich hatte es aufgegeben, sie unterdrücken zu wollen... so viel Liebe und Zuneigung... so viel Glück, wie hatte ich es mir als Kind gewünscht. Als einsames, kleines Kind. Doch jetzt war ich hier, umgeben von Menschen die mich liebten, mich so liebten wie ich war. Vorlaut, frech und voller Widersprüche. Nicht weil ich ihnen Geld gab, nein sie hatten mich bereits vorher in ihre Herzen geschlossen.

„Wir haben lange überlegt, was wir dir zum Geburtstag schenken..." sagte Mirow jetzt, dann er zog mich in seine Arme. Auch er küsste mich sanft auf die Stirn. „Aber Geoffrey meinte, du magst keine Geschenke." Ich nickte, mir fehlten die Worte um zu antworten. Ich war schlichtweg überwältigt.

„Lassen wir die Kinder nicht länger auf ihre Geschenke warten." gelang es mir endlich zu sagen. Als hätten die Jugendlichen nur darauf gewartet, stürmten sie den Tannenbaum. Lauter Jubel brach aus, als Jimmi sein neues Notebook auspackte, gefolgt von Judy, die das gleiche Teil in Rosa von mir erhalten hatte. Ich lächelte glücklich. „Personalisiert sie euch. Es ist besser so." riet ich den Kindern. In meinem Einkaufsrausch hatte ich für alle Jugendlichen ab 15 Jahren solch ein Teil gekauft. Der Verkäufer hatte sich die Hände gerieben, als ich neben den Notebooks noch Tabletts und Handys gekauft hatte. Wenige Minuten später klingelte, quiekte und schnarrte es im gesamten Raum.

„Ja, du machst dein Versprechen wahr. Du bringst uns wirklich ins 21. Jahrhundert." sagte Geoffrey laut über den Lärm hinweg und grinste glücklich. Er kam zu mir herüber und half Lisa, ihr neues Puppenhaus einzurichten. Timothy ließ seinen neuen Rennwagen über den Boden der altehrwürdigen Halle flitzen. Sein lautes Lachen entlockte mir erneut eine Träne.

„Sieh es positiv!" sagte Kevin, er kam zu uns, und reichte Lisa die Schlafzimmermöbel, die das Mädchen gewissenhaft in die entsprechenden Zimmer verteilte. „Mit den Geräten werden die Unterrichtsstunden wesentlich einfacher. Jetzt können die Kinder googeln statt sich, wie wir früher, durch Bücher zu wälzen."

Geoffrey zog mich beiseite. Er nahm meine Hand und führte mich in die Küche. Trotz des großzügigen Büfetts war der Raum leer.

Geoffrey lehnte sich gegen den Tisch und zog mich in seine Arme. „Das hast du gut gemacht, Mary Cooper Clarens." sagte er leise. „Sehr gut. Das schönste Weihnachten, dass wir je hatten. Und ich habe bereits 30 Feste hier gefeiert." Er zog eine Grimasse, dann griff er in seine Hosentasche und förderte eine kleine Schachtel hervor.

„Frohe Weihnachten!" sagte er leise. Dann öffnete er die Schachtel und ich hielt die Luft an. Eine wunderschöne Kette kam zum Vorschein. Mit einem kleinen goldenen Medaillon, auf dessen Deckel mein Name eingraviert war. „Ich weiß, du magst keine Geschenke, aber ich dachte, eine Ausnahme kann nicht schaden." Er nahm die Kette aus der Schachtel und drehte mich in seinen Armen herum. Dann legte er mir den Schmuck um den Hals. Ich zitterte am ganzen Leib. „Geoffrey, ich...ich... Danke!" bekam ich endlich heraus. „Sie ist wunderschön." sagte ich tonlos.

„Ich weiß, du kannst dir wesentlich teureren Schmuck leisten, aber ich wollte dir etwas schenken, das ich von meinem Geld gekauft habe, nicht vom Geld aus dem Fond." sagte er. „Geoffrey?" Ich drehte mich wieder zurück in seinen Armen, so dass ich ihn ansehen konnte. „Ja?" fragte er und seine Stimme klang unsicher. „Halt die Klappe!" sagte ich. Dann zog ich seinen Kopf zu mir herunter und küsste ihn. „Ich hatte gehofft dass du dieses Kleid anziehst." gestand Geoffrey, als ich meine Lippen von seinen Mund löste. „Ich hatte die Kette in Erinnerung an dies Kleid gekauft. Sie passt perfekt dazu." Ich nickte. „Danke, nie habe ich ein schöneres Geschenk erhalten." Wieder hob ich meinen Mund um ihn zu küssen als wir Stimmen hörten, die sich der Küche näherten. Schnell gingen wir auf Abstand.

„Ach hier seid ihr!" sagte Rina gereizt. Sie hatte ihr Zimmer also doch wieder verlassen... „Wir..." sie wies auf den ihr folgenden Kevin, „Wir mussten regelrecht aus der Halle fliehen! Überall nur piepsen, klingeln und sonst noch was für Geräusche! Was für eine Verschwendung!" sagte sie weiter, ohne auf mich zu achten. „Der mysteriöse Gönner hätte sein Geld besser anlegen sollen!"

„Es reicht, Katharina. Unterlasse deine Sprüche bitte! Wir haben Heiligabend." bat Geoffrey. Doch ich hatte noch einiges dazu zu sagen. „Es ist Angelegenheit des Mäzens, nicht ihre! Und er würde wesentlich mehr ausgeben, wenn, wenn, wenn Geoffrey ihn lassen würde!" Jetzt ging mein Blick zu Geoffrey. Er hatte die Erhöhung der Summe, die ich in den Fond investiert hatte, strickt abgelehnt. Sein wütender Blick den er mir nun zu warf, sprach Bände...

„Wie jetzt? Der Gönner hat dir eine Erhöhung der Summe angeboten und du hast abgelehnt?" fragte Rina jetzt ungläubig. „Und das Kind weiß davon und ich nicht?"

Die eben noch so angenehme Stimmung in der Küche schlug schlagartig um. Rina starrte Geoffrey wütend an. Ich hatte einen Fehler gemacht, das wurde mir klar.

„Mary, willst du noch einen Spaziergang machen? Es ist herrliche Luft draußen und die Kinder sind beschäftigt." fragte Kevin jetzt.

Er wollte mich aus der Schusslinie bringen, das war mir klar... aber hatte er Angst um mich oder um diese dämliche Rina?

Ich ergriff seine hingehaltene Hand und folgte ihm aus der Küche.

„Der Gönner gibt uns mehr Geld, als wir benötigen! Wir kommen wunderbar klar damit und können das Kloster renovieren, was sollten wir mit noch mehr Geld?" fragte Geoffrey. Erleichtert, dass ich den Raum verließ. Rinas Antwort konnte ich nicht mehr hören, ich war Kevin durch den Flur zur Tür gefolgt.

„Was für eine widerliche Frau!" sagte ich bitter. Ich lief neben Kevin durch den frisch gefallenen Schnee und schnaubte wütend. Es wunderte mich, das der Schnee um mich herum nicht schmolz, so sehr kochte ich vor Wut.

Er nickte. „Aber leider ist sie sehr einflussreich, drüben in Europa. Sie leitet eins der ältesten Häuser. Wir hier sind so ziemlich das neuste und müssen uns noch bewähren. Ihr Urteil kann uns den Hals kosten, wenn sie entscheidet, wird unser Haus geschlossen. Bislang war sie es, die uns die Mittel für das Kloster bewilligt hat. Dass wir nun, dank des mysteriösen Spenders unabhängig sind, stört sie gewaltig. Sie würde ihn gerne kennenlernen, um dafür zu sorgen, dass seine Spende auf alle Häuser aufgeteilt wird. Wenn es nach ihr ginge wäre Geoffrey nicht der Richtige, der darüber bestimmen darf." Kevin blieb stehen und lehnte sich an den Brunnen. „Es macht Katharina wahnsinnig, nicht zu wissen, wer der mysteriöse Typ ist, der dem Kloster eine so große Summe zur Verfügung stellt." sagte Kevin wieder, er warf mir einen fragenden Blick zu, doch ich schwieg. „Sie ist sehr jung für solch eine Aufgabe." sagte ich, um das entstandene Schweigen zu brechen. „Sie ist 32!" antwortete Kevin. Er zog mich zu sich und schob mir einige Locken unter meine Mütze. „Weißt du Mary. Ich bin fasziniert von dir, Lady. Und Geoffrey ist ein Idiot, wenn er dich gehen lässt." Er zog mich weiter zu sich und legte seinen Mund auf meinen. Er küsste mich, es war angenehm, warm. Doch ich empfand nichts dabei. Mit einem Seufzen ließ er mich los. „Na ja, ein Versuch war es wert. Aber du hast dich bereits entschieden, Schade." flüsterte er. „Du bist leider kein Geschichtslehrer." sagte ich salopp und brachte Kevin zum Schmunzeln. "Du meinst, ich bin kein Goffy, oder?" fragte er grinsend.

Geoffrey stand an der Haustür und hatte die Arme verschränkt als wir zurück kamen. Mit finsteren Blick schloss er die Tür hinter uns und folgte uns in den großen Saal zurück.

„Gut dass du kommst, Liebes." sagte Elsa erleichtert. „Lisa ist zum

Umfallen müde, doch sie weigert sich, ihr Puppenhaus in Stich zu lassen und schlafen zu gehen." Sie wies mit den Finger auf das kleine Mädchen, das gähnend ihr neues Puppenhaus umarmte.

„Ich kümmere mich darum." versprach ich. Ich ging zu Lisa und legte meinen Arm um das Kind, dass sich augenblicklich versteifte. „Ich will nicht weg! Ich habe Angst, das das Haus morgen weg ist, wenn ich wach werde!" schrie sie. „Lisa, Schatz..." sagte ich und strich dem Kind beruhigend übers Haar. „Du musst leise sein. Siehst du die kleinen Menschen in deinem Haus? Sie wollen schlafen. Doch wenn du so laut bist, können sie das nicht." sagte ich zu dem Kind, dass nun seinen Kopf schräg legte und nachdachte. „Niemand wird dir dein Haus wegnehmen, Schatz. Pass auf!" sagte ich weiter. Ich griff nach einem Schreiber und einen Stück Papier. Dann schrieb ich groß LISA darauf. „Siehst du? Klebe den an die Haustür, dann weiß jeder dass das dein Haus ist." Lisa nickte begeistert und tat was ich ihr riet. „Psst, Liebes. Ganz leise. Deine Puppen wollen schlafen und du auch, oder? Du willst doch wach sein, wenn sie wieder aufstehen, oder?" Lisa nickte erneut. Dann streckte sie mir die Arme entgegen und ich hob sie auf. Geoffrey folgte mir mit dem bereits schlafenden Timothy auf dem Arm. Hinter uns Herkules. Wir gingen schweigend die Treppe hoch und legten die Kinder aufs Bett. Ich zog der bereits schlafenden Lisa ihr Nachtzeug an und schob sie unter die Bettdecke. In der Ecke brannte ein kleines Nachtlicht, als ich den Raum wenige Minuten später verließ.

Geoffrey wartete im Flur, er hatte Timothy schlafen gelegt. Mary?" fragte er und ich blieb stehen. „Danke. Das war wirklich das schönste Weihnachten hier."

„Keine Ursache. Du weißt, ich habe selber nie schöne Feste gefeiert. Auch für mich war es das schönste." sagte ich, dann fiel mir ein, was Kevin erzählt hatte. „Sag, macht diese Rina dir das Leben wirklich so schwer?" fragte ich ihn. „Tut mir leid dass ich dich verpetzt habe bei ihr vorhin."

Wir gingen die Treppe herunter und ich stolperte, sofort griff Geoffrey nach meinem Arm um mich zu halten. Einen Moment schwieg er.

„Rina ist eine sehr einflussreiche Frau, Mary. Sie wurde von uns stets mit Würde behandelt. Sie erwartet Ehrerbietung und Unterwerfung. Schließlich lag es bislang an ihr, wie hoch unsere Geldausgaben sein durften. Doch dank deines Geldes sind wir nun unabhängig, etwas was sie unheimlich stört." sagte Geoffrey und verzog sein Gesicht. Ich verstand. „Dadurch bist du nicht mehr gezwungen, ihr in den Arsch zu kriechen? Ihr den Speichel zu lecken..." mutmaßte ich. „Wie immer zutreffend formuliert." antwortete Geoffrey säuerlich. „Musstest du mit ihr schlafen um das Geld zu bekommen? So wie ein männlicher Callboy?" fragte ich wieder. Verdammte Eifersucht! Es war mir herausgerutscht, ohne nachzudenken. Geoffrey riss mich herum, er zog mich in seine Arme und küsste mich leidenschaftlich. Seine Hände hielten meinen Kopf, als ich mich wütend entwinden wollte, er presste seine Lippen auf meinen Mund seine Zunge verlangte Einlass. Ich ergab mich, wurde in seinen Armen weich und schmiegte mich an ihn. Ich erwiderte seinen Kuss, der nicht enden wollte. „Das, meine Liebe, würde ich auch für das Kloster nicht tun!" sagte er kurzatmig, nachdem er sich von mir gelöst hatte. Dann ging er und ließ mich vor der Küchentür stehen.

In den nächsten Zwei Tagen ließ Geoffrey sich nicht blicken. Er war mit Mirow und Rina im Büro um über die Gelder für das Kloster zu verhandeln. Wenn ich ihn kurz sah, vermied er meinen Blick und verschwand, bevor ich etwas zu ihm sagen konnte. Verdammt ich wollte mich entschuldigen, doch Geoffrey Mc. Laine konnte auf seine Art ebenso stur sein, wie ich.
Schließlich gab ich es auf und wandte mich Kevin zu. Wir lagen auf dem Boden der großen Halle und halfen den Jugendlichen, ihre Notebooks einzurichten. „Welch eine Entehrung dieser heiligen Halle!" flachste Kevin. Ich nickte. Wieder wurde ich daran erinnert, wie ich diesen Raum das erste mal betreten hatte.
Geoffrey hatte mich hierher geschleift, damit ich mich dem Rat stellte. Es war mir gelungen, die Ältesten davon zu überzeugen, mich wieder gehen zu lassen. Das hätte ja fast geklappt, wenn mich Lisa nicht unwissentlich verraten hätte. Kevin rollte sich jetzt zu mir herüber und legte seinen Arm um mich. „Sag, Mary. Heute Abend wird in der Stadt der neue Kinofilm gezeigt.Hast du Lust, mit mir zu kommen?" fragte er. „Ich mein, weil bei dir und dem Bruder meines Herzens gerade Eiszeit zu sein scheint." flüsterte er mir ins Ohr. „So offensichtlich?" flüsterte ich zurück und bekam ein Nicken von Kevin. „Ich komm gerne mit. Ich

muss unbedingt raus hier." flüsterte ich erneut. Kevin sah auf seine Uhr und erhob sich. „Okay, Süße, um sechs müssen wir los." „Werde fertig sein." versprach ich.

Punkt sechs Uhr stand ich in der Küche und wartete auf Kevin, der erschien, im Gepäck Geoffrey und Rina. Ich hob fragend meine Augenbrauen. „Die Beiden schließen sich uns an." sagte Kevin mürrisch. Sein wütendes Gesicht spiegelte meine auf den Tiefpunkt gefallene Laune wieder. Na toll, dachte ich, konnte es nie denn einfach sein? Ich wollte mich doch endlich mal entspannen, doch wieder Fehlanzeige! „Komm!" sagte Kevin und hielt mir seine Hand hin, die ich schweigend ergriff. Hand in Hand gingen wir vor Geoffrey und Rina über den Innenhof zur Garage. „Wir nehmen den Cadillac, da haben wir alle genug Platz!" bestimmte Geoffrey. Er ging an uns vorbei und fuhr den Wagen aus der Garage. Immer noch schwieg ich, als ich mich auf die Rückbank des Wagens fallen ließ, neben mir Kevin. „Lächeln!" flüsterte Kevin mir ins Ohr und endlich gelang es mir, mich etwas zu entspannen. Rina redete die gesamte Fahrt. Sie stellte Fragen an Geoffrey der einsilbig antwortete und an Kevin, der versuchte, höflich zu bleiben. Mich ignorierte sie komplett.

Zum Glück war es im Kino dunkel. Ich saß in meinem Sessel und versuchte, der Handlung des Films zu folgen, doch das war schier unmöglich. Ich saß zwischen Geoffrey und Kevin. Beide Männer hatten etwas gerangelt, bis ich mich entschieden zwischen sie gesetzt hatte. Der Film, eine Abenteuerkomödie, interessierte mich nicht wirklich. Von Abenteuern hatte ich seit dem Sommer die Nase gestrichen voll. Plötzlich griff jemand nach meiner Hand und drückte sie sanft. Mir stockte der Atem, als Geoffrey meine Hand zu sich zog und unsere Finger ineinander schob. Ich erwiderte seinen Druck, einen Kloß im Hals. Wir verharrten so den gesamten Film, keiner von uns beiden zog seine Hand fort. Ich wünschte der Film würde ewig laufen... oder zumindest Überlänge haben.... Kevin fütterte mich mit Popcorn. Immer wieder steckte er mir eins in den Mund und reichte mir aufmerksam die Cola, die ich mit der freien Hand entgegennahm.

Als der Abspann lief, löste Geoffrey unseren Griff, plötzlich war mir kalt, ich fror und fühlte mich furchtbar einsam. Er erhob sich und half Rina in ihren Mantel. „Wir warten draußen." sagte er. Kevin schnaubte und reichte mir meine Jacke. „Man den Abend habe ich mir anders vorgestellt." sagte er wütend. „Ist doch nicht schlimm." tröstete ich ihn und folgte Geoffrey nach draußen. „Und der Film? Wie viel hast du davon mitbekommen?" fragte Kevin mich. Man, war ich so leicht zu durchschauen? Ich seufzte. Das schien ihm Antwort genug zu sein, denn er schwieg.

Wir gingen schweigend zum Wagen zurück, der eine Straße weiter geparkt stand. Geoffrey und Rina vor uns, Kevin und ich hinter ihnen. Plötzlich stockte ich und blieb stehen. Auch Geoffrey war stehen geblieben. „Spürst du es?" fragte er mich. „Ja, klar!" sagte ich. „Wir werden beobachtet." Geoffrey nickte und schob Rina zwischen uns. Sie protestierte heftig, doch Geoffrey ignorierte sie.

„Drei Männer, einer hinter uns, zwei vor uns." sagte ich leise. Ich schob den verwirrten Kevin jetzt zu Rina und blieb hinter ihnen stehen. Er wollte ebenfalls protestieren, doch ich gebot ihm Ruhe.

„Süße!" sagte Geoffrey und ich schoss zu ihm herum, fragend ob er mit der Anrede wirklich mich gemeint hatte. „Wie wäre es mit Waffen für uns, Liebes?" fragte er wieder. Natürlich, natürlich jetzt da es hart auf hart ging, da war ich plötzlich seine Süße!

„Scheiß Timing für Süßholzgenraspel!" sagte ich nervös. „Die ganze Zeit behandelst du mich wie eingetretenen Kaugummi, den man vergeblich versucht vom Schuh zu kratzen und auf einmal bin ich deine Süße?" fragte ich wütend.

„Mary! Konzentriere dich!" zischte Geoffrey und ich nickte, er hatte ja recht... Ich reichte Geoffrey meine Hand und rief nach Susan. Sie war sofort präsent in meinem Kopf. „Waffen für Goffy und mich!" sagte ich. Susan reagierte, wie immer. Sekundenbruchteile später hielt ich einen Degen in den Händen, den ich an Geoffrey weiterreichte. Dann erschien ein zweiter Degen und zwei große Schilde.

„Wow!" staunte Kevin. „Unglaublich!" sagte Rina. „Das kenne ich nur aus unseren Legenden! Soll das heißen, die Kleine ist ein Defender!" Sie wurde richtig gehend wütend. „Warum hast du mir nicht berichtet, das sie der Defender ist!"

„Klappe halten. Wir haben wichtigere Probleme!" schnauzte ich nervös. Jetzt kamen die Männer auf uns zu. Zwei auf Geoffrey, einer auf mich. Wir zogen unseren Schutz um Kevin und Rina enger. „Wenn ich es euch sage, lauft zum Auto!" befahl Geoffrey. Der Mann vor mir zog eine Pistole und schoss, das Schild schoss hoch und die Kugel prallte ab. „Cool!" sagte Kevin erschrocken. Rina schrie auf, als beide Männer sich auf Geoffrey stürzten, der den Degen schwang, elegant auswich und zustach. Einer der Männer schrie auf und sackte kurz zusammen. Der Dritte hatte jetzt mich erreicht und zog unter seinem Mantel ein Schwert hervor. „Na klasse, und ich trage meine teuren Manolo Blahnik Schuhe!"" fluchte ich und wehrte seinen schweren Schlag ab. „Susan Ring!" rief ich und hielt Augenblicke später den Ring mit den drei Bändern in der anderen Hand. Wieder holte der Mann mit dem Schwert aus. Mein Schild fing den Schlag ab, ich drehte den Ring, die Bänder verfingen sich im Griff des Schwerts und ich konnte es dem überraschten Mann entreißen. Dann holte ich aus und schlug ihm beide Fäuste gegen die Brust. Der Mann flog durch die Luft und knallte an die Hauswand auf der anderen Straßenseite. Dort blieb er bewusstlos liegen. „Lauft!" befahl Geoffrey nun. Kevin schnappte sich Rinas Hand und zerrte die Frau hinter sich her, während Geoffrey und ich mit den anderen beiden Männer zurückblieben. „Was wollt ihr!" schrie ich sie an. „Dich. Wir sind hier um dich zu holen!" antwortete der breitere der Männer, er schnellte vor um mich am Arm zu greifen. „Ergebe dich, dann passiert den anderen nichts!" drohte er. Er kam entschlossen näher. Ich wartete bis er mich fast ergriffen hatte. Dann trat ich zu und traf ihm im Magen. Der Mann flog rückwärts auf die Straße. Dort blieb er liegen. „Mein Schuh, der Absatz!" schnauzte ich wütend und wandte mich zu Geoffrey um. „Mein Absatz ist gebrochen, verdammt!" zischte ich. „Mein schönen Schuhe, weißt du wie teuer die waren!"

„Mary, verdammt konzentriere dich!" zischte Geoffrey zurück.

Der Dritte stand nun unsicher vor Geoffrey. „Auch Lust auf einen Freiflug?" fragte ich ihn. „Bestell deinen Boss, mich bekommt man nicht so einfach! Das einzige was er von mir bekommt ist die Rechnung für die Schuh Reparatur!" Ich hob meine Hände, das Schild schoss nach vorne und brannte sich in die Haut des Mannes, der nun laut schreiend zurück wich. Dann wandte er sich um und rannte die dunkle Straße hinab. Ich

sah ihm einen Augenblick hinterher. Dann öffnete ich meine Hände und die Waffen verschwanden. Geoffrey ließ seine Waffen ebenfalls verschwinden und riss mich in seine Arme. „Das war einfach unglaublich, Mary!" flüsterte er. „Du hättest meine Hilfe nicht gebraucht." Ich zuckte lässig mit den Schultern. „Ich habe gute Übung darin. Ich habe dir doch erzählt, wie oft ich Jerry und seinen Männern in den Arsch getreten habe. Hast du geglaubt, ich hätte übertrieben?" fragte ich ihn. Sein Grinsen entschädigte mich für die vergangenen ignorierten zwei Tage. Er legte seinen Arm um mich und hob mich hoch, mein abgebrochener Absatz baumelte am Schuh, ich seufzte., die schönen Schuhe.
Wir folgten Kevin und Rina zum Wagen. „Nun, jedenfalls wirst du nie die Jungfrau in Nöten spielen, habe ich recht?" flüsterte er mir ins Ohr. Schnell küsste er mich auf die Stirn. Ich schwieg. Wir hatten die anderen erreicht.

„Woher hast du so viel Kraft? Der Typ flog ja fast zwanzig Meter!" fragte Kevin, während Geoffrey den Wagen startete. „Wenn man dich so sieht, glaubt man, dich könnte kein Wässerchen trüben." Er wuselte mir durch die Haare. „Erinnere mich daran nie Streit mit dir anzufangen."
„Sie ist die Defender. Ich wollte es nicht glauben, als du letzten Monat von ihr berichtet hast, Geoffrey!" Rinas Stimme war leise, fast ungläubig. Immer wieder schüttelte sie ihren Kopf. „Sie ist die Entdeckung des Jahrhunderts für unsere Gemeinschaft... aber eine Frau? Ein kleines Mädchen... hat die Kraft und die Fähigkeiten des Lazarus?" sagte Rina. Wieder schüttelte sie ihren Kopf. „Ich verstehe es nicht. Wieso sie, ich meine, wenn du Geoffrey es gewesen wärst, ich meine ich weiß ja, dass du es nicht bist... aber sie? Eine Frau? Und dann so etwas wie sie?"
Mir reichte es. Mir reichte es wirklich. Immer wieder wurde ich in meinem Leben beleidigt, denunziert. Und diese Frau hier, die vor mir saß setzte allen noch die Krone auf. Aus ihr sprach die pure Eifersucht.
„Lady? Halten sie ihre Klappe, oder ich nutze meine Defender Kräfte und werfe sie aus dem fahrenden Wagen!" schnauzte ich, dann fiel mir etwas ein. Geoffrey hatte ihr von seiner Verwandlung zum Defender nichts erzählt. Aus welchen Grund auch immer hatte er es ihr verschwiegen. Und beide hatten kein intimes Verhältnis, sonst hätte sie sein

Mal gesehen. Ein glückliches Lächeln stahl sich in meine Mundwinkel. „Geoffrey, das kann sie nicht." begann Rina empört.
„Du hast Mary gehört Rina. Halte die Klappe." antwortete er ihr. Die Rest der Fahrt schwiegen wir alle.

„Gute Nacht, Jungs!" sagte ich und sprang so schnell aus dem Cadillac, der vor der Garage gehalten hatte, dass ich ins Rutschen geriet und fast gefallen wäre. Ich hatte meine kaputten Schuhe vergessen. „Was! Wo will sie hin, Geoffrey! Sie kann jetzt nicht einfach ins Bett verschwinden! Wir haben ein Menge zu besprechen! Hier im Kloster gehen seit dem Sommer merkwürdige Dinge vor. Seit wann verheimlichst du mir solche fundamentalen Dinge." Rina war ebenfalls ausgestiegen und um den Wagen herum gekommen. Jetzt griff sie meinen Arm, um mich am Weggehen zu hindern.
„Lady!" ich zog scharf die Luft ein. „Wenn sie in zwei Sekunden ihre Finger an der Hand, die mich festhält, noch an derselben Stelle wiederfinden möchten, sollten sie mich augenblicklich loslassen!" Ich war müde, erschöpft und äußert schlecht Gelaunt. Drei Faktoren, die jeden Menschen mit etwas Verstand im Kopf, geboten, mich nicht zu reizen. Ich machte einen Schritt beiseite, doch Rina war nicht willens, mich loszulassen. Sie folgte, ihre Nägel gruben sich schmerzhaft in meinen Oberarm. Geoffrey machte einen Schritt auf mich zu, doch ich hob meine andere Hand. „Das hier..." Ich lächelte. "Schaffe ich ganz allein, Männer." Wieder sah ich Rina an.
„Ich bin eine mächtige Frau innerhalb der Gemeinschaft! Sie werden es nicht wagen, Hand an mich zu legen!"schnauzte Rina.
„Das würde ich mir nie wagen!" sagte ich so zuckersüß, dass Geoffrey sich seine Haare raufte. „Das muss ich auch gar nicht."
Geoffrey griff Kevin am Arm und machte zwei Schritte rückwärts. Kluger Mann, wie gut er mich doch kannte.
„Mary, ich denke nicht, dass du die Sache..." sagte er bedächtig.

„Goffy, Kevin. Ihr solltet noch etwas weiter zurückgehen." warnte ich die Männer. „Und sie, Lady. Letzte Chance. Lassen sie mich los, ich will in mein Bett!" Doch Rina schüttelte ihren Kopf. „Sie werden nirgendwo hingehen, Mädchen. Der Rat hat mir einiges zu erklären! Sie haben mir Informationen unterschlagen hinsichtlich ihnen! Und sie kommen mit mir." sagte sie stur. „Wagen sie es nicht, mich anzufassen!" setzte sie hastig hinzu, als sie sah, wie ich leicht mit meinen Händen winkte.

„Ich sagte bereits, das ich sie nicht anfasse." gab ich sanft zurück.

Ein leiser, kaum hörbarer Pfiff kam über meine Lippen. Geoffrey, der das kannte, zerrte den verwirrten Kevin um den Cadillac herum.

„Deckung!" befahl er seinen Freund.

Rina schrie wie am Spieß. Hunderte von Ratten und Mäusen kamen aus ihren Verstecken und stürzten sich auf die Frau, die panisch meinen Oberarm losließ und kreischend über den Innenhof zur Haustür lief. Sie rutschte über den Schnee, fiel, richtete sich auf und rannte schreiend weiter.

„Wahnsinn!" bekam Kevin endlich heraus. Vorsichtig kam er um den Wagen herum und blieb vor mir stehen.

„Du hast uns jede Menge Ärger eingehandelt, Mary Cooper Clarens." sagte Geoffrey leise. Doch er musste sich ein Lachen verkneifen. Ich zuckte nachlässig mit den Schultern. „Wenn wir drei schweigen... meinst du irgendein anderer wird ihr die Geschichte abnehmen?" fragte ich Augenzwinkernd.

„Ich kann`s immer noch nicht glauben. Und ich war live dabei!" gab Kevin zu. „Wie kannst du das alles?"

„Mit diesem kleinen Trick hat Mary letzten Sommer den Kindern hier das Leben gerettet." sagte Geoffrey und ich konnte Stolz aus seiner Stimme heraus hören. Er hakte mich unter und verwuschelte meine Haare. Eine unglaublich zärtliche Geste. Ich schwieg...

„Ähm, du weißt dass sie trotzdem Ärger machen wird, oder? Ich dachte eigentlich... du und Katharina Galliwow, nun wäret, na ihr wart doch mal..." Kevin schwieg betreten, als er sah wie mein Kopf in die Höhe schoss. Geoffrey und diese Ziege? Beide waren mal zusammen?

Seine Hand unter meinem Arm drückte mich besänftigend. „Das war vor über fünf Jahren, Kevin, und ging einzig von ihr aus! Und seit einem gewissen Abend vor fünf Jahren, den ich kniend vor einer Kloschüssel verbracht habe, ist das Thema für mich erledigt gewesen. Seitdem habe ich Rina nur noch meine Freundschaft angeboten."

„Du warst besoffen? Du?" fragte Kevin erschüttert. „Das kann ich nicht glauben!"

„Nein, nicht ich." gab Geoffrey zurück und drückte wieder meinen Arm. Ich wusste, welchen Abend er meinte. Auch ich schwieg. Also mochte Geoffrey mich schon länger als ich geglaubt hatte. Und für mich hatte er diese dämliche Frau in den Wind geschossen. Meine Laune stieg umgehend. Ich beschloss die Sache mit dieser Rina einfach zu vergessen...

4.Kapitel

Endlich schlafen, dachte ich. Nicht mehr nachdenken...Der Abend war nicht nur lang, sondern auch aufregend gewesen. Ich kicherte, als ich an diese dämliche Rina zurückdenken musste. Ich hatte bislang nicht gewusst, wie schnell man mit hohen Absätzen laufen konnte...
Schnell war ich in meinen geliebten Micky Maus Pyjama geschlüpft und hatte mir die Decke über den Kopf gezogen, als es verhalten an meiner Tür klopfte. Eine angenehme violette Flamme leuchtete unter dem Türspalt durch. „Komm rein, Kevin!" sagte ich leise. „Tür ist offen."
Kevin schlich sich in mein Zimmer, ich machte die Nachttischlampe an und stieg wieder aus meinem Bett. „Was willst du?" fragte ich ihn direkt. Ein Grinsen glitt über sein Gesicht als er meinen geliebten Schlafanzug betrachtete. „Ein Wort über Micky Maus und verlässt mein Zimmer wieder, aber nicht durch die Tür." warnte ich ihn. Kevin hob abwehrend, schief grinsend, seine Hände und wich einige Schritte zurück. Kluger Mann...
„Mir gehen die Kerle heute Abend nicht aus dem Kopf." sagte er und ließ sich in meinem Sessel nieder. Er gedachte also länger zu bleiben, na toll. „Ich weiß, mir auch nicht" sagte ich ehrlich, hatte aber gehofft, mir erst Morgen darüber Gedanken machen zu müssen. „Wie machst du das mit den Waffen, zauberst du sie einfach her?" fragte er dann, als ich etwas schwieg. Hätte mir ja klar sein müssen, dass ihm das interessierte...
„Ja klar. Mein richtiger Name ist Hermine Granger. Ich habe in Hogwarts studiert und bin hier unter falschen Namen abgestiegen, Blödmann." antwortete ich ironisch. „Geoffrey kennt dein Geheimnis!" überlegte Kevin weiter. „Er wusste sofort wie du an die Waffen kommst heute Abend." Überlegte er. „Einerseits muss ich Rina recht geben, es gibt hier neuerdings eine Menge Geheimnisse."
„Wir haben Geheimnisse, ja. Das müssen wir, um die Menschen zu schützen, die wir lieben." sagte ich. Ich setzte mich aufs Bett und ver-

schränkte meine Beine.

„Ja, das sehe ich an Geoffrey Mc. Laine. Er hat bislang nie Geheimnisse vor mir gehabt." sagte Kevin mürrisch. „Ich dachte, er liebt mich wie einen Bruder. Seit wann hat man denn Geheimnisse vor seinem Bruder!" Wieder ein leises Klopfen an meiner Zimmertür. Na klasse, konnte es noch besser werden? „Komm rein, Geoffrey!" forderte ich den Mann vor meiner Tür auf. „Woher wusstest du, das es Geoffrey ist?" fragte Kevin argwöhnisch. „Sie hat meine Flamme erkannt!" gab Geoffrey von sich. Er blieb mitten im Raum stehen und verschränkte seine Arme drohend, als er Kevin entdeckte. Sein Blick wanderte von mir zu Kevin. „Ganz ruhig, Brauner!" sagte ich schmunzelnd. „Kevin da!" ich wies auf den Sessel, „Ich hier." ich klopfte aufs Bett. „Beide angezogen."

„Deinen komischen Schlafanzug nennst du angezogen?" fragte Geoffrey wütend. „Wenigstens trage ich nicht das kurze Schwarze von neulich, oder?" antwortete ich ironisch. „Kurze schwarze?" Kevin riss seine Augenbrauen in die Höhe. „Vergiss es!" sagte Geoffrey schnell. Er setzte sich neben mich auf die Bettkante, immer noch zornig.

„Was willst du? Ich meine, was wollt ihr beide?" fragte ich und unterdrückte ein Gähnen. „Die Kerle von heute Abend." sagte Geoffrey. „Die wollten dich!" Kevin nickte zustimmend. „Und zwar lebend. Die haben heute Abend nicht auf dich gezielt!"

„Ich weiß. Könnten wir uns darüber nicht Morgen unterhalten?" fragte ich in der Hoffnung, beide Männer würden gehen. Kopfschütteln war die einzige Antwort, die ich erhielt.

„Du bist in Gefahr, Mary." sagte Geoffrey. Er erhob sich und lief unruhig durch mein Zimmer. „Das kann und werde ich nicht akzeptieren!"

„Ich bin reich, Goffy, stinkreich!" sagte ich und biss mir auf die Lippen, als ich sah wie Kevin überrascht seine Augen aufriss. Er war intelligent und würde jetzt zwei und zwei zusammen zählen. „Man bin ich blöd! Du bist... natürlich dass ich da nicht früher drauf gekommen bin. Du bist die Mary Cooper Clarens! Die reiche Erbin!" sagte er auch prompt. „Du bist der edle Gönner des Klosters." Er schlug sich gegen die Stirn. „Und wenn du dass auch nur einer Menschenseele erzählst, wachst du vier Fuß unter der Erde auf... Bruder." sagte Geoffrey drohend. Er machte eine entsprechende Geste, die mich grinsen ließ. Kevin hob abwehrend seine Hände. "Keine Panik Bruder. Du weißt, ich kann schweigen."

„Ich bin, Reich, Männer. Ich denke, das sollte eine klassische Entführung einer reichen Erbin werden. Nur leider hat die sich gewehrt." überlegte ich, Geoffreys und Kevins Geplänkel ignorierend. „Möglich" sagte Geoffrey. „Trotzdem solltest du nicht mehr alleine unterwegs sein." Er legte mir einen Arm um die Schulter. Es fühlte sich gut an. Mein Kopf fiel auf seine Schulter. Wir hatten Kevin in diesem Moment völlig vergessen. „Ich brauche Schutz?" fragte ich ihn und unterdrückte ein Grinsen. „Wer hat euch denn heute Abend den Arsch gerettet?" „Ich habe dir nur den Vortritt gelassen, Süße. Du benötigst dringend Training." flüsterte Geoffrey mir zu. Zum Antworten kam ich nicht. Meine Zimmertür ging auf... Lisa kam in den Raum, reckte sich und sah sich staunend um. „Mary ich habe schlecht geträumt." sagte sie. „Kann ich bei dir schlafen?" Dann hob sie ihre kleine Hand und zeigte auf Kevin und Geoffrey. „Dad? Onkel Kevin? Habt ihr auch schlecht geträumt? Na dann wird es aber eng in Marys Bett." sagte sie gähnend. Kevin verbarg seinen Lachanfall unter einen Husten. Lisa krabbelte zu mir aufs Bett, zwängte sich zwischen Geoffrey und mich und legte ihren Kopf auf meinen Schoß. Wieder ging meine Zimmertür auf. Timothy kam, Herkules auf den Fersen, in den Raum. Er rieb sich seine kleinen Augen. „Na toll, jetzt wird es richtig eng." sagte Lisa. „Ich liege in der Mitte, dann kann ich nicht raus fallen."
„Das ist hier ja ein Betrieb wie auf dem Flughafen." schimpfte ich und hob den kleinen Jungen zu mir ins Bett. „Euer Stichwort Männer, macht einen Abflug."
Endlich gingen beide Männer und ich konnte schlafen. Links und rechts ein Kind im Arm, einen Hund zu meinen Füßen...

Wir trafen uns am nächsten Abend in der großen Halle.
Mirow hatte seinen Platz am Tisch eingenommen und sah uns der Reihe nach strafend an. Wir drei, Geoffrey, Kevin und ich, wir kamen uns plötzlich wie Schüler vor, die einen heftigen Streich gespielt hatten. „Hüter Mc Laine, Mitglied Spencer, Gast Cooper! Was ist gestern Abend vorgefallen!" verlangte er zu wissen. Seine Finger trommelten nervös auf den Tisch.

„Dad.." begann ich, wurde von Mirow jedoch umgehend unterbrochen. „Es hat sich Ausgedad!" er raufte sich die Haare, eine Angewohnheit, die er seinem Sohn vererbt hatte.

„Bis du mir alles haarklein berichtet hast, Fräulein, bin ich Ältester Mc. Laine für dich!" donnerte er. Trotz seines Tons musste ich mir ein Lachen verkneifen. Mirow konnte so laut werden?

Ein kurzer Seitenhieb von Geoffrey erinnerte mich an den Ernst der Sache. Geoffrey war wieder ganz Hüter und Mitglied dieser Gemeinschaft. Nichts war von seinen Charme, den er in den letzten Tagen an den Tag gelegt hatte, übergeblieben.

Jetzt ging die große, schwere Tür auf und Rina betrat hoheitsvoll den Raum, Ohne uns eines Blickes zu würdigen, setzte sie sich neben Mirow und faltete ihre Hände vornehm. „Wo sind die anderen Vorstandsmitglieder?" fragte sie arrogant.

„Ich hoffte die Sache intern klären zu können." antwortete Mirow. „Schließlich geht es uns allen um die Kinder hier." Dann wandte er sich an uns drei. „Gemeindevorstand Galliwow erwartet eine Entschuldigung." sagte Mirow. Sein Blick suchte meinen, ich wich trotzig aus und starrte aus dem Fenster.

„Es tut mir leid." sagte Geoffrey. „Es tut mir leid, das der Vorfall so eskaliert ist." Er hatte sich erhoben und deutete eine kleine Verbeugung an. „Doch Ratsmitglied Galliwow muss bedenken, Miss Clarens ist kein Mitglied unserer Gemeinschaft. Auch wenn sie der Defender ist, so haben wir kein Recht, sie zu irgendetwas zu zwingen!" Er stockte einen Moment. „Sie ist nur ein Gast hier im Kloster. Sie ist ein freier Mensch, frei in ihren Entscheidungen."

Am liebsten hätte ich ihn in den Hintern getreten. Was fiel ihm ein, vor dieser Frau zu Kreuze zu kriechen? Ihr Verhalten, geboren, aus Anmaßung und Eifersucht, gab nichts, wofür sie eine Entschuldigung verlangen konnte...

„Die Entschuldigung... Nicht von ihnen, Hüter." sagte Mirow. Er hob seine Hand und wies auf mich. „Von ihnen, Miss Clarens!" Er seufzte, ich merkte, dass es nicht seine persönliche Meinung war, die er von sich gab. „Miss Galliwow ist eine der wichtigsten Personen innerhalb unserer Gemeinschaft! Sie sind lediglich ein privater Gast! Wir bieten ihnen Gastfreundschaft und Unterkunft, und wie danken sie es uns?" sagte

Mirow laut, doch seine Augen baten um Entschuldigung für jedes Wort, dass er mir entgegen warf...

Ich sah ein zufriedenes Grinsen in den Mundwinkeln von Rina. Sie wusste, sie hatte die Menschen hier im Kloster in der Hand. Von ihr hing es ab, ob das Kloster weiterbestehen durfte. Wenn sie sich in Europa gegen St August aussprach, müsste das Haus schließen. Alle Kinder und Jugendlichen würden auf andere Häuser verteilt werden. Ich zögerte... Geoffreys Hand suchte unter dem Tisch meine und drückte bittend meine Finger. Ich seufzte und erhob mich. „Es tut mir leid..." sagte ich leise.

„Das war mir zu leise! Ihr unreifes kindisches Verhalten, Mädchen ist eine Schande für das Kloster! Hat ihnen denn niemand auch nur eine Spur von erwachsenen Benehmen beigebracht? Sie mögen ja vielleicht ein Defender sein, doch ich glaube, sie taugen zu nichts, wofür die Gemeinschaft sie brauchen könnte! Sie sind nichts weiter als ein unerzogenes, verwöhntes Kind! Je länger sie sich in der Gemeinschaft aufhalten, desto mehr schaden sie dem Kloster und alle deren Bewohnern! Man muss ihnen den Umgang mit den Kindern hier verbieten!" sagte Rina arrogant. „Sie müssen dringend nach Russland in mein Haus gebracht werden! Dort wird man ihnen schon Benehmen eintrichtern! Sie werden hierbleiben, bis ich alle nötigen Schritte eingeleitet habe, sie nach Russland zu bringen!"

Es reichte, diese Frau vor mir, egal wer sie war, hatte nicht das Recht über mich zu urteilen oder zu bestimmen! Seit ich denken konnte bestimmte nur einer über mich...ICH!

Wutentbrannt erhob ich mich.

„Seit dem Augenblick, da wir uns kennengelernt haben, bekriegen sie mich! Seit dem Augenblick da sie mich gesehen haben, lassen sie nichts unversucht, mich vor Geoffrey ins schlechte Licht zu rücken und mich wie ein Kind zu maßregeln! Ich behaupte nicht, perfekt zu sein, aber ich bin ich und ich bin stark. Niemand spricht mir das Recht ab zu sagen, was ich denke!" schrie ich sie an. „Meine Entschuldigung war zu leise? Nun gut... Es tut mir leid... es tut mir leid das die Ratten sie nicht gebissen haben. Aber ich wollte nicht das die armen Tiere eine Fleischvergiftung bekommen!" Unwillig schüttelte ich Geoffreys und Kevins Hände ab, die mich wieder auf meinen Stuhl drücken wollten. „Sie müssen sich

keine weitere Sorgen um das Wohl des Klosters machen... oder des Wohls von Hüter Geoffrey Mc. Laine. Denn das ist ja ihr Hauptgrund, mich zu bekämpfen!" Ich holte tief Luft. „Ich werde Morgen früh das Kloster verlassen!" Mein Stuhl kippte um, als ich mich abwandte. „Sie... sie... sie impertinentes Frauenzimmer!" endlich hatte Rina es geschafft, Luft zu holen. „Sie werden nirgendwo hingehen! Sie sind, ob sie wollen oder nicht, ein Defender! Sie werden mich nach Europa begleiten. Der Rat dort soll über sie entscheiden! Ihre Fähigkeiten müssen erforscht werden."
Ich blieb stehen und drehte mich kurz zu Rina um, die Frau war hochrot angelaufen, ihr ansonsten schönes Gesicht voller Hektik Flecken. "Hüter Mc. Laine, sie darf das Kloster nicht verlassen!"

„Ich, Lady bin kein Versuchskaninchen, das man in einem Käfig halten kann! Ich gehe nur einen Weg... den zur Toilette, denn dort war ich heute noch nicht. Dann packe ich meine Sachen und verschwinde von hier... dann haben sie hier vollkommen freie Bahn." Mein Blick suchte den von Geoffrey, er hatte meine letzte Bemerkung richtig gedeutet, denn er verzog verärgert sein Gesicht. Ich hob beide Hände und zeigte ihr meine Mittelfinger. „Leben sie wohl."
Hinter mir hörte ich das aufgebrachte Geschrei von Katharina, es war mir egal. Mit einem lauten Knall ließ ich Tür hinter mir ins Schloss knallen.

Eine gute Stunde später warf ich meine letzten Kleidungsstücke in meinen Koffer auf dem Bett und versuchte vergeblich, ihn zu schließen. „Verdammter Koffer!" fluchte ich. „Blöde Tussi, eingebildete Hochglanzfratze!" Diese dämliche Katharina... Musste sie ausgerechnet jetzt hier sein? Eine Woche später und ich wäre wieder weg gewesen...
Wütend trat ich gegen mein Bett und fluchte wieder, als mein Fuß schmerzte. Ich war wirklich kindisch und unreif. Warum hatte ich mich nicht einfach entschuldigen können? So einfach mich entschuldigen, so wie Geoffrey es mir vorgemacht hatte? Einfach so, ohne jegliche Emotionen?

Mein dämliches Temperament versaute mir alles! Wieder drückte ich den Deckel des Koffers, nichts rührte sich. Frustriert setzte ich mich neben den Koffer und griff nach einen Taschentuch. Tränen liefen über meine Wangen. Ich versaute mir alles in meinem Leben. Hatte ich hier nicht endlich so etwas ähnliches wie Familie gefunden? War es mit mir und Geoffrey nicht ein kleines Stück weiter gegangen? Hatte er mir nicht gezeigt, dass ihm etwas an mir lag? Das er mich mochte?

Ich ließ mich zurück auf mein Bett fallen und starrte frustriert an die Decke. Er war mir nicht gefolgt, als ich die große Halle verlassen hatte, insgeheim hatte ich es gehofft. Hatte gehofft, er würde zu mir stehen, sich zu mir bekennen... Doch mir war auch klar, dass es hier um mehr als mich ging, es ging hier um die Zukunft des Klosters. Um das Wohl all der Kinder, die hier ein Heim gefunden hatten. Alle diese Kinder, die meine Familie geworden waren. Das war viel wichtiger als meine oder seine Gefühle.
„Und, Mary Cooper Clarens. Du hast diesmal ziemlich viel Porzellan zerbrochen!" fluchte ich wütend. „Wiedermal mit der Nase direkt gegen die Wand gelaufen! Wie immer, eigentlich nichts neues für mich."
Zornig wischte ich mir die Tränen aus dem Gesicht. Hier hatte ich alles verbockt, was man verbocken konnte... Es war wirklich das Beste für die Menschen hier, wenn ich morgen in aller Frühe verschwinden würde. Ich passte hier nicht her, ich vermasselte alles, was Geoffrey in den Jahren mühsam aufgebaut hatte.Wenn ich blieb, gefährdete ich das Kloster.

Meine Zimmertür öffnete sich, na toll ging es dort weiter wo es gestern Nacht geendet hatte? Ich hatte nun wirklich kein Bedürfnis auf endlose Diskussionen!
„Mary Cooper Clarens..." flüsterte Geoffrey. Er stand vor meinem Bett und sah auf mich herunter. „Weißt du, was du mit deinem teuflischen Temperament wiedermal angerichtet hast?" fragte er. „Diplomatie ist echt ein Fremdwort für dich." Er verschränkte seine Arme und sah so unglaublich groß aus, dass ich mich etwas aufrichten musste um ihn anzusehen. Ich schwieg, was sollte ich sagen? War es nicht genau das was ich soeben auch gedacht hatte?
„Und du, Geoffrey Mc. Laine! Bist du dieser dämlichen Hexe wieder in

den Arsch gekrochen? Hast sie umgarnt und ihrem Ego geschmeichelt? Hast ihr gestattet, weiter mit dir wie mit einer Schachfigur zu spielen? Warum musst du immer alles für das Kloster opfern? Dein ganzes Leben, alles?" fragte ich wütend. „Du würdest wahrscheinlich sogar wirklich mit ihr schlafen um das Kloster zu retten!" sagte ich wütend, wütend weil er mich weinen sah....

„Ich habe es so satt, so unendlich satt!" flüsterte Geoffrey weiter. „Kann es mit dir nicht mal einen ruhigen, normalen Tag geben? Seit du wieder in meinem Leben bist, habe ich keine Nacht mehr richtig geschlafen! Du geistert durch meinen Kopf. Ich mache mir ständig Sorgen, was du als nächstes anstellen könntest!"

„Entschuldige bitte. Das wollte ich nicht sagen." bekam ich endlich heraus. Er ignorierte meinen Einwurf. Immer noch stand er groß vor meinen Bett und starrte auf mich herab. „Ich habe es so unendlich satt immer das Richtige zu tun! Immer nur zum Wohle des Klosters zu handeln! Auf das zu verzichten, was mir so wichtig ist!" Er raufte sich die Haare und suchte meinen Blick, der, wie ich zugeben musste, mehr als verwirrt war. Was war plötzlich los mit ihm?

„Steh auf!" befahl er mir und zog mich an der Hand hoch. „Warum?" fragte ich noch verwirrter. „Damit ich dich besser fressen kann." antwortete er und riss mich in seine Arme. Er presste mich an sich, sein Mund suchte begierig meinen, den ich ihm mit Freuden überließ. Seine Zunge verlangte Einlass, ich öffnete meine Lippen und genoss die Wärme, die er mir schenkte. Unsere Zungen fochten einen Kampf aus. Der Kuss schien eine Ewigkeit zu dauern. „Verdammt, all die Jahre habe ich mir eingeredet du seist zu jung, ich zu alt. All die Jahre habe ich mich hinter meinen Pflichten versteckt, ich..." sagte er kurzatmig, sein Mund wanderte zu meiner Kehle und liebkoste meinen Hals. Ich versuchte zu atmen, während seine Hände forschend über meinen Rücken zu meinen Po wanderten. Ich zog ihm das Hemd aus den Jeans, meine Hände glitten über seine nackte Brust, zu seinen Rücken. „Mary, ich sollte das hier nicht tun, es ist nicht richtig..." sagte Geoffrey.

„Halte deinen Mund, Großer und wage ja nicht aufzuhören." antwortete ich und konnte ein Kichern nicht unterdrücken. „Vielleicht sehe ich ja jetzt endlich dein Muttermal, meins kennst du ja schon." sagte ich kurzatmig.

„Du willst also mein Muttermal sehen?" fragte Geoffrey glücklich grinsend. Er ließ sich auf mein Bett fallen und zog mich mit sich. Mit einem gezielten Fußtritt flog mein Koffer zu Boden. Er zerrte an meinem Micky Maus Oberteil und ließ es neben den Koffer auf dem Boden landen. Sein Hemd folgte. Wieder zog er meinen Kopf zu sich und küsste mich. Meine Hände strichen wieder über seinen Körper, erforschten jeden Muskel, jede Wölbung. Seine Zunge glitt von meinem Hals zu meinen Brüsten, er zog an einer der Warzen und ich keuchte laut.

Ich hatte gewusst, dass es so sein würde... hatte gewusst, mein erstes Mal würde mit dem Mann sein, den ich seit meinem 15 Lebensjahr so sehr liebte. Mit niemand anderen, keinen anderen Mann wollte ich diesen Moment erleben. Auch wenn mein Verstand mir gesagt hatte er wäre tot. Unbewusst hatte ich nur auf Geoffrey Mc Laine gewartet. Und von dem Moment an in der Gasse, als er dort vor mir gestanden hatte, hatte ich gewusst, es war richtig gewesen...

Meine Hände versuchten, den Knopf seiner Jeans zu öffnen, lächelnd half er mir dabei. Dann strichen seine Hände über meinen Rücken und schlüpften unter die Pyjama Hose um meine Runden Po zu streicheln. Meine Hände strichen über sein Muttermal, das meinen so ähnlich sah. „Es ist Spiegelverkehrt!" kicherte ich. Geoffrey nickte, wieder suchte er meinen Mund, den ich ihm willig überließ. Ich wusste, so war es richtig. Geoffrey und ich, wir gehörten zusammen. So war es seit Anbeginn der Zeit bestimmt...

Plötzlich schrie ich auf, löste mich von Geoffrey, schob ihn von mir, und ließ mich neben ihm aufs Bett fallen. Ich hielt mir den Kopf, ein stechender Schmerz fuhr hindurch. Wieder schrie ich laut auf. Geoffrey richtete sich auf seine Ellenbogen auf und beugte sich zu mir. „Was... was hast du?" fragte er irritiert, sein Atem ging ebenso stoßweise wie meiner. Er konnte sehen, wie ich Schmerzen litt, konnte sich aber keinen Reim darauf machen. Seine große, starke Hand zitterte als er sie hob und meinen Kopf sanft zu sich drehte.

„Susan!" konnte ich heraus bekommen. „Sie versucht, in meinen Kopf
einzudringen. Sie und Nick, sie sind in Gefahr!" Ich öffnete die Tür
in meinem Kopf, die zu Susan führte und spürte die ganze Kraft der
Schmerzen, die meiner Freundin zugefügt wurden.
„Scheiße!" sagte Geoffrey leise. Er lag auf meinem Bett, die Arme ausgebreitet und versuchte, sich zu beruhigen. „Ich dachte nur du kannst sie
erreichen, nicht umgekehrt." sagte er nach einer kleinen Ewigkeit. „Bislang war es auch so." ich kniff die Augen zusammen um nicht wieder
aufzuschreien. „Aber wahrscheinlich hat sie jetzt einen Weg gefunden,
mich zu informieren, vielleicht sind es die starken Schmerzen. Man hat
sie entführt und foltert sie." antwortete ich. Ich lag neben ihm, unsere
Hände suchten sich und verknoteten sich. „Scheiß Timing!" flüsterte
ich. „Du sagst es!" sagte Geoffrey. Er drehte sich zur Wand. „Lass mich
zwei Minuten hier liegen." bat er, „Dann packe ich einen Rucksack. Wir
sollten heimlich verschwinden, ohne großes Aufsehen." sagte er. Ich
nickte dankbar. Zwei Minuten um sich zu beruhigen, um zu vergessen,
was fast eben hier in diesem Bett passiert wäre...

Geoffrey erhob sich, hob sein Hemd auf. „Wir treffen uns in 10 Minuten am Cadillac. Mach möglichst keinen Lärm." er beugte sich zu mir
herunter um mich zu küssen, überlegte es sich dann und verschwand.
„Klar, wir wollen doch keine schlafende Monster wecken." flüsterte
ich heiser. Keine Ahnung ob er mich noch gehört hatte. Ich blieb allein
zurück und boxte wütend mein Kopfkissen. Warum, so fragte ich mich,
war mein Leben, mein Liebesleben nur so kompliziert? Warum musste
immer mir so etwas passieren? Ich wusste es nicht...
Frustriert erhob ich mich und suchte einige Sachen zusammen, die ich
wahllos in meinen Rucksack stopfte. Dann machte ich mich auf den
Weg zu Lisa und Timothy, um mich von ihnen zu verabschieden.

Geoffrey wartete bereits sehr ungeduldig am Wagen, als ich den Innenhof betrat. Er sah auf seine Uhr und ich wusste, sein genervter Blick galt

mir. Trotz der Dunkelheit konnte ich den wütenden Ausdruck in seinen Augen erkennen. Nun, 10 Männerminuten tickten wahrscheinlich anders als 10 Frauenminuten, dachte ich. Trotzdem ging ich einen Schritt schneller.

Ich hatte den Wagen fast erreicht, als sich eine Hand schwer auf meine Schulter legte. „Wohin bei Nacht und Wind, du schönes Kind?" hörte ich eine Stimme hinter mir. Ich schwang herum, bereit mich zu verteidigen, als ich im letzten Moment Kevin erkannte. Er ging an mir vorbei, warf seinen Rucksack in den Kofferraum des Cadillac und stieg auf den Beifahrersitz. Ich folgte ihm, setzte mich auf die Rückbank, den Rucksack neben mir. Geoffrey startete den Wagen und wir ließen schweigend das Kloster hinter uns.

„Und wo geht es hin? Was habt ihr beiden vor?" Kevin brach das Schweigen nach fast 10 Minuten. Wir schwiegen beide etwas. „Marys beste Freundin und deren Freund sind entführt worden." sagte Geoffrey dann knapp, es schien ihm nicht zu passen, dass Kevin sich uns angeschlossen hatte. Wieder entstand eine kleine Pause. „Woher wusstet du, dass wir abhauen würden?" fragte ich in die Stille hinein.

„Nun, ich hörte Geoffrey unflätig fluchend in sein Zimmer verschwinden, Zehn Minuten später rannte er mit einem gepackten Rucksack die Treppe hinunter. Ich wollte zu dir um zu wissen was du getan haben könntest um Geoffrey in die Flucht zu schlagen, als ich dich ebenfalls mit einem Rucksack auf dem Flur sah." Kevin lächelte selbstzufrieden. "Da habe ich zwei und zwei zusammen gezählt."

„Drei sind einer zu viel!" grummelte Geoffrey finster. Er schaltete laut den Wagen und starrte wütend geradeaus.

„Wo fangen wir mit der Suche an?" fragte Kevin und überging Geoffreys Einwurf. Ein Schnauben war Geoffreys einzige Antwort.

„Bei Nicks Eltern." bestimmte ich schließlich. „Susan und Nick waren über die Feiertage bei ihnen." Plötzlich fiel mir wieder ein, was Nick mir Heiligabend am Telefon berichtet hatte. „Nick sagte neulich, seine Eltern hätten merkwürdigen Besuch gehabt. Es wären mehrere male hintereinander drei Männer bei ihnen gewesen und hätten komische Fragen gestellt." berichtete ich nun. Mein Blick streifte den erstarrten Geoffrey...

„Möglich dass es sich um die gleichen Typen wie gestern Nacht gehandelt hat?" fragte Kevin.

„Warum erfahre ich erst jetzt davon?" wollte Geoffrey sofort wissen. Er war unglaublich wütend. Der Wagen machte einen gefährlichen Schlenker. Ich knallte gegen das Fenster.

„Vielleicht, weil du deine Zeit lieber mit Miss Russland verbracht hast als mit mir!" gab ich zurück und rieb mir meinen schmerzenden Kopf. „Du hättest es mir trotzdem sagen müssen!" schnauzte Geoffrey. „Und dein Stelldichein mit Miss - Ach was bin ich doch eingebildet - stören? Wer bin ich, der Präsident der USA?" fragte ich sarkastisch. Wütend boxte ich meinen armen Rucksack und wünschte mir er wäre Geoffrey.

„Nein, du bist ein Defender, begreife das endlich! Werde erwachsen und nimm die Rolle an, die das Leben dir schreibt!" schrie Geoffrey jetzt und drückte unnötig das Gaspedal durch. „Solche Dinge muss die Gemeinschaft sofort erfahren!"

„Oh, jetzt bin ich also wieder ein kleines Kind, Onkel Geoffrey?" gab ich ebenso laut zurück und boxte meinen armen Rucksack weiter. "Dumm und egoistisch?"

„Und deshalb bin ich dabei!" donnerte Kevin. „Verdammt, ich dachte, das hättet ihr beiden endlich hinter euch. Ich wusste doch dass ich euch nicht alleine fahren lassen kann, ohne dass ihr euch zerfleischt!" Er holte kurz Luft. „Ihr mögt euch sehr, dass erkennt jeder, der euch beobachtet, und doch geht ihr euch bei jeder passender Gelegenheit an die Kehle. Klärt es endlich. Oder es wird eine verdammt harte Zeit die vor uns liegt!" sagte er.

Ein kleine Pause entstand. „Entschuldige Geoffrey, ich hätte es dir schon früher erzählen sollen." gab ich dann endlich nach. „Und ich hätte mich nicht so aufregen sollen, aber wenn es um dich geht, verstehe ich absolut keinen Spaß." sagte Geoffrey nach einer Minute des Nachdenkens. Ich legte meine Hand auf seine Schulter. Er griff danach und strich sanft über meine Finger.

„Was wollten die Männer von Nicks Eltern wissen?" fragte Kevin, bemüht die Stille zu beenden.

„Sie haben nichts erfahren." sagte ich. „Nicks Eltern. Na ja, sie, sie sind Taub. Sie haben die Fragen der Männer nicht verstanden und folglich nicht antworten können." Ich gab Geoffrey die Adresse und lehnte mich müde zurück. Es würde eine ziemlich lange Fahrt werden und wir sollten so viel wie möglich schlafen. Mehrere Tankstopps lagen vor uns und wir mussten uns mit dem Fahren abwechseln. Obwohl ich bezweifelte, dass Geoffrey Mc. Laine mir das Steuer seines geliebten Cadillacs überlassen würde...

Ich musste tatsächlich eingeschlafen sein. Als ich wieder kurz erwachte, fuhren wir gerade wieder von einer Tankstelle. Kevin saß am Steuer des Wagens, Geoffrey hatte es sich bei mir auf dem Rücksitz bequem gemacht. Mein Rucksack diente ihm als Kopfkissen. Er hatte mich halb auf sich gezogen und eine Decke über uns ausgebreitet. Seine Arme hielten mich umfangen, ich wehrte mich nicht. „Ihr seid ein sehr komisches Pärchen." hörte ich Kevins Stimme im Halbschlaf. „Wir sind kein Paar!" widersprach ich schlaftrunken."Ich bin Onkel Geoffrey zu jung." „Mary?" das war Geoffreys Stimme. „Mmmh?" machte ich. „Halte deinen Mund und Schlaf weiter." befahl er. Seine Hand strich über meinen Rücken. „Ja, Meister!" murmelte ich... sein Lachen folgte mir in den Schlaf.

5. Kapitel

Fast zwölf Stunden waren wir gefahren, jetzt standen wir vor dem Elternhaus von Nick. „Du kennst seine Eltern, geh du zuerst." bestimmte Geoffrey. Also stieg ich aus und ging die Auffahrt hoch. Etwas hinter mir folgten mir Geoffrey und Kevin.

Erst nach dem dritten Läuten öffnete sich die Haustür einen winzigen Spalt. Sam Miller sah sich vorsichtig um, dann erkannte er mich und ein Lächeln erhellte sein trauriges Gesicht. „Hallo, Mister Miller." Meine Hände sprachen für mich. Er nahm mich in die Arme, dann wies er auf beide Männer hinter mir. „Mein Freund und sein Bruder." sagten meine Hände. „Wir kommen wegen Susan und Nick." Sam nickte und machte uns den Weg frei. Ich winkte Geoffrey und Kevin zu mir.

„Ich bin also dein fester Freund?" fragte Geoffrey mich grinsend, als er an mir vorbei ins Haus ging. „Du kannst die Gebärdensprache?" fragte ich ihn erstaunt.

„Ich bin Hüter und mir meiner Pflicht bewusst." sagte er, das war ein Seitenhieb an mich, die ihre Pflichten allzu locker nahm. „Ich muss vorbereitet sein, es kann durchaus mal sein, dass ich es mit einem Kind zu tun habe, dass taub ist. Dann muss ich reagieren können."

Oh ja, ganz der pflichtbewusste Hüter, immer präsent immer vorbereitet... "Arschloch!" flüsterte ich ihm hinterher.

„Kannst du das noch einmal in Gebärdensprache wiederholen?" fragte Geoffrey. Er griff meinen Hand und zog mich ins Wohnzimmer.

Julia Miller sprang auf und umarmte mich stürmisch. Sie war erleichtert mich zu sehen, Geoffrey und Kevin beobachtete sie mit Argwohn. Ihre Hände zitterten als sie erzählte was passiert war. „Langsam, bitte!" gab ich ihr zu verstehen. Ich verstand ihre schnellen Gebärden nicht alle. „Schon gut, Mrs. Miller, ich verstehe sie." Geoffrey hob seine Hände und entlockte Nicks Mutter ein Lächeln. Sofort stieg er in ihrer Achtung mehrere Stufen. „Sie sagt, die drei Männer seien mehrmals hier gewesen, sehr aufdringlich, sehr unhöflich." Übersetzte Geoffrey für Kevin und mich. „Sie gaben sich als Regierungsbeamte aus, die einen Vorfall aufklären wollten der sich letzten Sommer ereignet hat." sagte Geoffrey weiter. Mister Miller brachte einige belegte Brote und erst jetzt spürte ich wie hungrig ich war.

„Sie nahmen Nick und Susan zu einer Besprechung mit, das war vor zwei Tagen. Seitdem fehlt jede Spur der beiden." Erzählte Mister Miller weiter. Er war zu seiner Frau getreten und legte ihr tröstend die Hand auf die Schulter. Ich nickte, bedankte mich für die Brote und langte hungrig zu.

„Haben sie irgendeinen Hinweis für uns? Irgendetwas, dass ihnen aufgefallen ist? Haben sie einen Namen aufgeschnappt oder ein unwesentliches Detail gesehen?" wollte Geoffrey nun wissen. Er nahm ein Brot von mir entgegen und nickte dankend.

Wieder ein argwöhnischer Blick von Julia Miller.

„Es ist spät, möchten sie die Nacht hier bleiben?" fragte sie dann. Ich nickte und bedankte mich. „Ich werde die Zimmer herrichten." sie bedeutete mir, ihr zu folgen.

Wir gingen die Treppe hoch und blieben vor einem Zimmer stehen. „Mary, dein Freund, er ist sehr nett, aber er macht mir Angst..." begann Julia Miller. „Es geht eine Aura des Todes von ihm aus. Du hast diese Aura auch. Ich kann sie spüren... aber seine ist so stark... so als wäre es falsch, dass er hier ist, hier unter den Lebenden." Ihre Hände zitterten, sie machte die Zeichen schnell, so als hatte sie Angst, auszusprechen, was sie fühlte. „Er hat viel deiner ungewöhnlichen Stärke in sich, und doch ist er ein eigenständiges Wesen. Es ist, als seid ihr auf Ewigkeiten verbunden, einer kann nicht ohne den anderen sein. Es zieht euch immer wieder zusammen." Sie lachte verlegen auf. „Entschuldige, ich rede Unsinn, mein Mann meint, ich würde mit den Jahren immer schrulliger."

Ich nahm die Frau in die Arme. Es wunderte mich absolut nicht dass die Frau etwas spürte. Ich hatte immer gewusst, wie sensibel Nicks Mutter war. Und Nick hatte es geerbt, vielleicht hatte er deshalb Susan und meine Verbindung so selbstverständlich akzeptiert.

Julia zeigte mir zwei Zimmer. Ein Gästezimmer und Nicks altes Kinderzimmer, beide Zimmer konnten wir nutzen. Ich nickte ihr dankbar zu.

„Wir haben eine Spur!" rief Kevin mir freudig entgegen, als ich das Wohnzimmer wieder betrat. „Sam hat sich ein Emblem am Wagen der Männer merken können, und Susan hat es nach seinen Angaben gezeichnet. Sam sucht jetzt Susans Zeichenblock."

Von den riesigen Teller mit Broten war nur noch eine Scheibe übrig. Ich nahm die Scheibe und sah strafend die Männer an, die meinen Blick auswichen. „Besten Dank, Männer!" sagte ich wütend. Ausgerechnet Schimmelkäse...

Sam kam mit Susans Zeichenblock zurück und wies aufgeregt auf ein Bild. „Ein Firmenschild!" mutmaßte Geoffrey. „ Nein, Anders!" überlegte Kevin. „Irgendwie wie Krankenhaus, oder so."

Ich legte angewidert das Brot zurück auf den Teller und beugte mich über den Block. Mir wurde schlagartig übel, sämtlicher Hunger war verschwunden... „Ich kenne das Zeichen!" sagte ich leise. Mein Muttermal begann zu brennen. Das Emblem... Natürlich kannte ich es...

„Du kennst es? Woher?" fragte Geoffrey mich nachdenklich, seine Hand legte sich beruhigend auf meinen Arm. Er hatte mein Zittern natürlich sofort bemerkt. Fürsorglich zog er mich an sich. Seine Wärme drang durch meine Haut und beruhigte mich etwas. „Das Sanatorium, in dem meine Mutter untergebracht ist." flüsterte ich und konnte ein Zittern nicht verbergen. „Das ist das Emblem davon."

Im Spätsommer hatte ich das Sanatorium, indem meine Mutter nach einem Nervenzusammenbruch untergebracht worden war, besucht. Nicht das mich mir Mutter sehr am Herzen lag, immerhin hatte sie 12 mal versucht, mich umzubringen, doch ich musste ihr wenigstens pflichtschuldig einen Besuch abstatten. Es war ein schönes, kleines abgelegenes Heim inmitten eines Waldes. Mit jeder Menge Personal. Ich hatte wieder mal gemerkt, das Geld alles möglich machen konnte.

Mutters Arzt, ein netter, älterer Professor, hatte mich freundlich empfangen und mich in sein Büro gebeten. Dort hatten wir uns lange und ausführlich über Mutters Einbildungen, ich sei unsterblich, ein toter Lehrer würde sie heimsuchen, und sie wäre vom Teufel geschwängert worden, geredet. Immer wieder hatte der Professor wissen wollen, wie meine Mutter zu solchen Annahme kommen konnte. Es war ein anstrengendes Gespräch gewesen, das ich anschließend nur mit etwas Zwang beenden konnte. Was war ich froh gewesen, als ich das Heim wieder verlassen konnte.

„Was ist?" fragte Geoffrey wieder, als ich schwieg. „Was ist mit dem Sanatorium?" Eine steile Sorgenfalte erschien auf seiner Stirn.

„Professor Schnyder!" sagte ich leise. Wieder fielen mir die vielen, für mich unzusammenhängende Fragen ein, die er mir gestellt hatte. Er hatte mir mehrmals etwas zu trinken angeboten, doch ich hatte abgelehnt. Es war nur Wasser mit Sprudel in seinem Büro gewesen und ich hasste Sprudel. Professor Schnyder war fast aggressiv geworden, als ich mich weigerte, weder zu essen noch etwas zu trinken. Dann hatte er darauf bestanden, ich solle meine Mutter so oft als möglich besuchen, mich mit ihm treffen, zwecks Behandlung meiner Mutter. Da ich keinerlei Zuneigung zu der Frau empfand, die mich geboren hatte, hatte ich strickt abgelehnt. Ich hatte auf mein beginnendes Studium verwiesen, am anderen Ende des Landes...

„Mary?" Geoffrey schüttelte mich etwas. „Konzerntrier dich! Was ist mit dem Professor!"

Richtig, ich saß ja hier im Wohnzimmer, zusammen mit Geoffrey, Kevin und Nicks Eltern... So berichtete ich, was ich im Sanatorium erlebt hatte.

„Wieder Informationen, die du mir hättest mitteilen sollen!" fluchte Geoffrey und raufte sich die Haare. Wie ein Tiger lief er gereizt durch das Wohnzimmer, immer hin und her, hin und her. Ich befürchtete bereits, Mrs. Miller einen neuen Teppich kaufen zu müssen. Bevor der Abend enden würde, hatte Hüter Mc. Laine ihn garantiert durchgelaufen... Oh ja... Ja richtig. Geoffrey war wieder ganz Hüter, ganz das Arschloch, das er mir im letzten Sommer präsentiert hatte!

"Hallo? Pause, Stopp!" warf ich deshalb wütend ein. „Wer hat sich denn aus dem Staub gemacht im letzten Sommer? Wer hat mir klar und deutlich klar gemacht, ich solle meine Uni besuchen und versuchen, erwachsen zu werden? Wer hat mich als Kind behandelt? Ich hätte es den guten Onkel Geoffrey ja mitteilen können... wenn ich eine E-Mail Adresse gehabt hätte! Oder wenigstens eine Telefonnummer! Und komm mir nicht mit Roaminggebühren, weil du dich eventuell in Russland herumgetrieben hast! Ich bin Reich!" Ich holte kurz Luft. „Aber du bist derjenige, der von mir nichts hören wollte!"

„Du hättest es Dad sagen können! Ich weiß nämlich, das ihr jeden dritten Tag gechattet habt!" verteidigte sich Geoffrey. Wieder hin, wieder
her. Stehen bleiben, weiter laufen. „Dein Vater hatte genug um die Ohren! Nach deinem... Abgang.. nun ja nach der ganzen Scheiße, die passiert ist, musste er viel Schaden beseitigen!" gab ich zurück. „Außerdem
hast du mich im Sommer oft genug beobachtet! Leugne nicht, ich habe
dich gespürt!" schnauzte ich Geoffrey an. „Du warst oft genug in meiner
Nähe! Hättest dich ja mal blicken lassen können, statt mich immer nur
zu Stalkern!" Das war nur eine Mutmaßung meinerseits, auf die ich eine
Antwort erhoffte.
Geoffrey schwieg einen Moment. Er schien von meiner Aussage geschockt. „Na, musste ich ja auch! Dich kann man nicht allein herum
laufen lassen! Dein Männergeschmack ist echt ächzend! Die Typen die
du getroffen hast waren alles andere als normal!" verteidigte Geoffrey
sich dann. „Du warst vollkommen unreif! Der eine der dich für eine
Hexe hielt war der Oberknaller! Der hatte schon einen Scheiterhaufen
errichtet! Zum Glück konnte ich seine Erinnerungen löschen!"
Nicks Eltern sahen von einem zum anderen, wie bei einem Tennisspiel
ging es mir durch den Sinn. Auch wenn sie wahrscheinlich keins unserer
Worte verstanden, schossen ihre Köpfe jedes mal von links nach rechts
und zurück, je nachdem wer von uns gerade sprach.
„Echt? Einen richtigen Scheiterhaufen?" fragte ich perplex. Ich begann
zu kichern, erst leise, dann laut und unterbrach damit unseren Streit.
„Und mit meinen Männergeschmack magst du Recht haben." Ich warf
ihm eine Kusshand zu.
„Du schaffst mich." Stöhnte Geoffrey leise. Auch in Geoffreys Mundwinkel bildete sich nun ein Lächeln. Seufzend ließ er sich in einen Sessel
fallen.
„Man, ihr beiden..." sagte Kevin, dem es endlich gelang auch etwas zu
sagen. „Mary, denk an Geoffreys Worte im Auto." mahnte er mich. „Er
macht sich Sorgen. Der Professor wollte an deine DNA! Deshalb wurde
er so aggressiv, als du alles abgelehnt hast! Wahrscheinlich glaubt er dem
Schwafeln deiner Mutter, oder zumindest so viel, dass es ihm neugierig
gemacht hat!" versuchte er mir zu erklären. Geoffreys stummes Nicken
zeigte mir, was er dachte.
Wieder mal hatte ich meine Pflichten als Defender zu locker genom-

men. Ich hätte selbst zu diesen Schluss kommen sollen. Doch die egoistische, verwöhnte, unhöfliche Miss Cooper Clarens verschwendete an solch profanem Dingen keine Gedanken... Mir war plötzlich übel. Ich ließ mich in meinen Sessel zurückfallen und zog die Beine an. Ich war wirklich noch kindisch. Wann lernte ich endlich, Dinge auch mal zu hinterfragen? Natürlich, jetzt ergab alles einen Sinn. Das Dringen des Professors, ich solle etwas trinken, seine Einladung zum Essen...

„Zum Glück hast du alles abgelehnt." sagte Geoffrey jetzt. Er kniete sich neben meinen Sessel und strich mir das lange Haar aus dem Gesicht. Sein Finger wischte eine verlorene Träne fort.

„Sprudel!" sagte ich stockend und lächelte über Geoffreys fragendes Gesicht. „Er hatte nur Wasser mit Sprudel... ich hasse Sprudel!" Ich schmiegte meinen Kopf in Geoffreys Hand.

„Na was für ein Glück!" ließ sich Kevin nun wieder vernehmen. Dann gähnte er ausgiebig. „Wir sind ein ganzes Stück weiter gekommen. Wir sollten für heute Feierabend machen." Er griff nach seinen Rucksack und folgte Mrs. Miller die Treppe nach oben.

Wir folgten ihnen, Geoffrey, unsere beiden Rucksäcke über der Schulter, griff meine Hand und zog mich die Treppe hoch.

„Gute Nacht!" rief Kevin und schloss die Tür von Nicks Kinderzimmer hinter sich. Zögernd blieb ich vor der Tür des Gästezimmers stehen.

„Nervös?" fragte mich Geoffrey und ließ meine Hand los. „Es ist doch nicht das erste mal dass wir uns ein Bett teilen müssen." Er erinnerte mich an die zwei Tage in der Hauptstadt, als ich mich bei der Polizei hatte melden müssen.

„Nein, aber wir sind hier zu Besuch..." antwortete ich leise.

„Und deshalb, Liebe Miss Clarens, werden sie ihre Leidenschaft zügeln müssen." sagte Geoffrey mit einem Augenzwinkern. „Dies..." er wies mit seinen Händen an seinem Körper herunter „... steht ihnen heute Nacht nicht zur Verfügung."

„Blödmann, du musst dich eher in Selbstbeherrschung üben!" sagte ich und ging an ihm vorbei ins Zimmer. „Darin habe ich die letzten fünf Jahre viel Übung bekommen." sagte er leise. „Wir werden schlafen... nur schlafen!"

„Schon klar, Hüter Querstrich Defender Mc. Laine." ich zog mir meinen Pullover über den Kopf. Es wäre lächerlich gewesen, jetzt prüde zu reagieren, es war ja nicht so, als hätte Geoffrey mich nicht nicht schon nackt gesehen. Trotzdem freute es mich, als er scharf die Luft einsog. Ich zog das Oberteil meines Micky Maus Schlafanzugs aus dem Rucksack und zog es mir schnell über. „Gute Idee um meine Selbstbeherrschung unter Kontrolle zu halten." seufzte Geoffrey grinsend. Er hatte sich aus seiner Jeans geschält und sein Hemd ausgezogen. Nur in Boxersthorts stieg er ins Bett und löschte das Licht. Ich war ihm dankbar dafür. Schnell zog ich mir meine Hose aus und schlüpfte in die Pyjama Hose. Dann legte ich neben ihm. „Lass den Quatsch!" flüsterte Geoffrey mir zu und zog mich in seinen Arm. „Kuscheln wird ja wohl erlaubt sein." Er legte sein Kinn auf meinen Kopf.

„Weißt du..." begann ich zögernd, nicht wissend, wie ich beginnen sollte, ihm erklären sollte was mir auf der Seele brannte. Er schwieg also sprach ich weiter, sicher geborgen in seinen Armen.

„Du hast recht, wenn du sagst ich sei egoistisch und würde nur an mich denken..." sagte ich, er drückte mich an sich, schwieg jedoch weiter.

„Aber... mein ganzes Leben, quasi von Geburt an, war ich immer alleine... immer nur darauf geschult, für mich und mein Überleben zu kämpfen. Alles was ich tat, musste ich nur für mich tun. All die Male, wenn meine Mutter wieder mal versucht hatte, mich zu beseitigen, gab es nur mich. Ich hatte niemanden, keinen der mir glaubte oder half. Ich trug nur Verantwortung für mich und mein Handeln. Ich denke, das hat mich so Ichbezogen werden lassen. Dabei bin ich gar nicht so..." schloss ich.

„Das habe ich gespürt... an dem ersten Abend im Kloster. Als du mich Geohrfeigt hast, statt einen deiner fürchterlichen Sprüche loszulassen. Du hast sogar Lisa weggeschickt, bevor du zugeschlagen hast." In Geoffreys Stimme schwang etwas Belustigung mit. „Erwarte jetzt keine Entschuldigung dafür." warnte ich ihn. Wieder drückte er mich an sich, wie gut sich das anfühlte... „Nein, was ich damit sagen will ist... du liebst Kinder, sehr sogar. Vielleicht hast du es selber noch nicht bemerkt, doch Lisa und Timothy vergöttern dich. Und Timothy, wie du ihn vor dem Rat verteidigt hast." Geoffrey lachte leise, es klang so dunkel, das mir eine Gänsehaut über die Haut lief. „Die Terrakottaarmee war einmalig. Und die Gesichter der Mitglieder!"

„Na dein Gesicht glühte damals auch nicht gerade vor Intelligenz."

konnte ich mir nicht verkneifen. „Na, man sieht ja auch nicht jeden Tag eine lebende Terrakottaarmee!" verteidigte er sich.

„Nein, worauf ich hinaus will..." nahm ich das Thema wieder auf. „Ich muss lernen, dass es jetzt Menschen in meinem Leben gibt, die mich lieben. Und dadurch sind diese Menschen Teil meines Lebens. Ich muss endlich auch Verantwortung für sie tragen... so wie du für das Kloster die Verantwortung trägst." schloss ich. Wieder lief mir eine Träne übers Gesicht.

„Endlich sind wir einen Schritt weiter." seufzte Geoffrey. „In der Psychologie nennt man das wohl einen Durchbruch." Er wich meinen Ellenbogen aus, den ich kampfbereit nach hinten schob.

„Schlafen sie endlich Miss Clarens! Sie bringen uns um den verdienten Schlaf." sagte er und küsste mich sanft auf den Kopf.

Ein lautes Klopfen an der Zimmertür riss mich aus den Schlaf. Ich hatte so gut wie seit langem nicht mehr geschlafen, tief und entspannt. So als seien alle meine Probleme fort gewischt worden. Und ich hatte nicht die halbe Nacht wach liegen müssen um an Geoffrey zu denken, denn er lag ja direkt hinter mir, sein Arm der mich beschützend an sich drückte. Ich wünschte so ewig hier liegen zu können, doch das Klopfen wurde lauter, energischer. „Es klopft." flüstere ich schlaftrunken. „Ich hör es. Ignoriere es." sagte Geoffrey ebenso müde.

Wieder lautes Klopfen. „Achtung ‚ich komme rein!" hörte ich dann Kevins fröhliche Stimme, dann stand er, die Hände vor den Augen, im Zimmer.

„Blödmann!" schnauzte ich. Ich rappelte mich hoch, aus Geoffrey Armen und starrte ihn wütend an. „Oh Micky Maus Anzug... kluger Schachzug." sagte Kevin grinsend durch seine Finger blinzelnd und wich meinem Kissen aus. „Was willst du!" fluchte Geoffrey, der sich die Decke ins Gesicht gezogen hatte.

„Ich bin bereits seit zwei Stunden auf den Beinen und habe unsere Hinweise weiter verfolgt." gab Kevin Stolz Kund. „Und ich habe da eine Spur gefunden. Wir müssen allerdings bald aufbrechen, es ist ziemlich weit." Er zog an Geoffreys Bettdecke und ein kleiner Kampf entstand.

„Kindsköpfe!" sagte ich müde. Genervt sprang ich aus dem Bett und verschwand im Bad.

Es war merkwürdig, merkwürdig, das was zwischen mir und Geoffrey abging. Was sollte ich davon halten? Wie sollte es weitergehen? Die letzten Tage hatte uns näher denn je gebracht, es war schön. Und doch machte es mir ein wenig Angst. Was würde sein, wenn wir wieder im Kloster waren? Im Kloster bei Katharina und der Gemeinschaft? Würde Geoffrey sich dann zu mir bekennen? Sich gegen Katharina und die Gemeinschaft stellen?

Ein Klopfen an der Badezimmertür riss mich aus meinen Gedanken. Als auf mein Herein nur ein weiteres Klopfen folgte, wusste ich, dass Mrs. Miller vor der Tür stand. Sie reichte mir ein paar Handtücher, zögerte plötzlich und wies mir, mich zu beeilen. Ich nickte. Schnell duschte ich und zog mich an.

Mrs. Miller erwartete uns mit einen üppigen Frühstück. Dankbar langten wir zu und unterhielten uns leise. Mrs. Miller hielt sich zurück. Ihr war die Sorge um ihren Sohn anzusehen. Ich half ihr beim Abräumen, und hoffte ihr bald gute Nachrichten zu bringen.

Mrs. Miller wies mich an, ihr in die Küche zu folgen. Kevin und Geoffrey packten in der Zwischenzeit den Jeep, der von Nick und Susan zurückgeblieben war. Er war einfacher für uns, da Kevins Spur uns in bergiges Gelände führte.

„Du bist ein Defender!" Ich stand vor Mrs. Miller und starrte die Frau an. Ich war vollkommen überrascht. Hatte ich ihre Gebärdensprache richtig übersetzt? Hatte ich die Frau richtig verstanden???? Woher wusste sie von Defendern?

„Du bist ein Defender, der erste, der mir je begegnet ist!" wiederholte sie langsam die Zeichen. „Leugne es nicht! Ich habe dein Mal gesehen!" Sie sah mir ernst in die Augen. „Jetzt verstehe ich! Dein Freund... er war tot. Du hast ihn zurückgeholt! Es ist deine Energie, die ich in ihm spüre!" Sie zögerte einem Moment. Immer noch stand ich erstarrt vor der Frau. „Lass mich erklären." Sie zog sich einen Stuhl heran und setzte sich. Dann wies sie mich an, mich ebenfalls zu setzen. „Du hast den Hüter?"

sie zögerte bis ich nickte. „Du hast den Hüter aus dem Reich des Todes befreit. Du hast ihm von deiner Unsterblichkeit abgegeben. Er wird nun, ebenso wie du, sehr sehr lange leben. Doch ich warne dich Kind. Der Tod ist rachsüchtig, er lässt sich nicht gern etwas wegnehmen, was er schon gehabt hatte." Mrs. Millers Hände zitterten wie Espenlaub bei den letzten Worten. Eine Träne lief über ihre Wange. „Glaube mir, ich weiß wovon ich berichte."

„Woher wissen sie das alles?" fragte ich die Frau ungläubig. „Und was soll das heißen, ich werde sehr lange leben." Woher wusste die liebe Mrs. Miller von der Gemeinschaft?

Ohne auf meine letzte Frage zu antworten, schob Mrs Miller den Kragen ihrer Bluse beiseite und ich konnte sechs kleine Schlangen in ihrem Nacken erkennen... Mrs. Miller war eine Wiedererweckte!

Geschockt saß ich auf meinem Stuhl, unfähig zu antworten.

Von draußen hörte ich jetzt Geoffrey ungeduldig nach mir rufen, ich erhob mich seufzend. „Geoffrey ruft mich." gab ich der Frau zu verstehen. „Wir müssen los."

Sie erhob sich ebenfalls und umarmte mich lange. „Bringe mir meinen Sohn wieder, bitte." wies sie mich an. Ich nickte und folgte ihr zur Haustür...

Kevins Spur führte uns weiter nach Süden. Dort, so hatte er, dem Internet sei Dank, herausgefunden, das das Sanatorium über eine große Privatklinik verfügte. Diese jedoch sollte leer stehen...

„So ruhig, Mary?" fragte Geoffrey mich nach einer Weile. „Was beschäftigt dich?" Seine Hand suchte meine. Er wartete...

„Wusstest du dass Mrs. Miller eine Zombie ist?" fragte ich ihn dann zögernd, nachdenklich. Immer wieder kreisten meine Gedanken um die Worte der Frau. Der Tod lässt sich nicht betrügen... Was wollte sie mir damit sagen?.

„Zombie?" fragte Kevin. „Ja, Marys Ausdruck für Wiedererweckt." antwortete Geoffrey und fuhr sich durch die Haare. Er ließ meine Hand los und schaltete den Jeep lauter als nötig.

„Klingt auf jeden Fall lustiger!" verteidigte ich mich. „Also?" fragte ich wieder.

„Ja!" gab er zu. „Mrs. Miller kommt ursprünglich aus Europa. Ich wusste es. Sie war dort in Deutschland in einen unserer Häuser. Das war vor meiner Zeit, aber wegen Kindern wie sie,wurde uns Hütern auferlegt die Gebärdensprache zu erlernen." Dann seufzte er. „Du hättest eigentlich auch gleich spüren müssen! Hast du nicht auf ihre Flamme geachtet?"

„Nein, ich vermeide es, wenn möglich, es ist nicht immer schmeichelhaft zu sehen, was Leute fühlen!" gab ich trotzig zurück. Wieder ein Seufzen von Geoffrey. „Aber leider ist es manchmal nötig, gerade in Situationen wie diesen! Es ist wichtig, Menschen zu kennen!" sagte er streng.

„Was ich aber auch ohne Flamme sehen konnte, ist, dass sie Angst vor dir hat, Bruder." mischte sich nun Kevin in unser Gespräch, um einen Streit zu vermeiden. Er unterdrückte ein sorgenvolles Seufzen.

„Sie wusste, als sie mich als Hüter erkannte, dass die Sache in die ihr Sohn verstrickt ist, schlimmer ist, als sie befürchtet hat." sagte Geoffrey, doch ich wusste, es war nur eine halb wahre Antwort.

„Sie sagte ebenfalls, ich würde sehr sehr sehr lange leben." sagte ich weiter und hörte wie Geoffrey leise die Frau verfluchte.

Doch es war Kevin, der mir antwortete. „Sag mal Süße... das unsichtbare Buch kennst du, oder? Das hat dir der Rat bestimmt gezeigt. Hast du auch nur mal fünf Minuten deiner kostbaren Zeit geopfert und es aufgeschlagen?" fragte er und ignorierte Geoffreys Zeichen zu schweigen. „Da gibt es ein ganzes Kapitel über Defender! Und ganz zu Anfang steht dort, dass sie ewig leben, solange ihr Körper unversehrt bleibt... oder sie ihr Lebenselixier mit jemanden teilen... allerdings ist das noch nie vorgekommen..." schloss er seine Rede. Weder Geoffrey noch ich sagten einen Ton. Es wurde gespenstisch still im Wagen, bis Kevin einen leisen Pfiff durch seine Zähne stieß... „Okay... der Überfall der Ghosts im Sommer, der Kampf... Geoffrey... du..." sagte er leise, nachdenklich. „Anderes Thema!" sagte er dann laut und schaltete das Radio ein.

Wir schwiegen, jeder seinen Gedanken nachhängend. Ich machte es mir auf der Rückbank bequem und schloss wieder meine Augen. Wenn ich also ewig hätte leben können, so hatte ich dieses für Geoffreys Leben

eingetauscht. Das war es mir wert gewesen. Wer will schon ewig leben...
Und doch wurde mir jetzt wieder die Frage von Mirow bewusst: „Sie
kann wiederbeleben und verschwendet es an Tiere???" Jetzt konnte ich
die Empörung des Mannes gut verstehen. Wenn ich wieder im Kloster
war, musste ich mir unbedingt das Buch vornehmen...

„Warum sind wir drei eigentlich die einzige Kavallerie die zur Rettung
eilt?" fragte ich in die entstandene Stille.
„Weil die Gemeinschaft niemals zu einer Rettung Fremder aufbrechen
würde" erklärte Geoffrey. „Susan und Nick gehören nicht zu unserer
Gemeinschaft. Du hast doch im Sommer erlebt, wie der Rat auf Fremde
reagiert. Mein Vater war ein großes Risiko eingegangen, als er Susan und
Nick erlaubt hatte, im Kloster zu bleiben. Umsonst habe ich euch nicht
weggeschickt als die Ältesten zu uns gekommen sind um über mein
Verhalten zu urteilen." sagte er. „Du meinst den Tag, als ich zurückkam
und ihnen den Arsch aufgerissen hab?" warf ich dazwischen. Geoffrey
seufzte. „Du hast was? Dem Rat den Arsch aufgerissen?" fragte Kevin.
„Man, ich scheine letzten Sommer eine Menge versäumt zu haben."
„Allerdings, mein Lieber. Mary hat den Rat mit Goethe fertig gemacht."
Stolz war in seiner Stimme zu hören. Dann wandte er sich zu mir. „Die
Gemeinschaft lehnt alles und jeden ab, der nicht zu ihnen gehört. Erin-
nere dich an Rinas Verhalten, als sie dich im Kloster entdeckte." sagte
Geoffrey frustriert.
„Du meinst, das war nicht nur pure Eifersucht?" fragte ich und konnte
mir ein Grinsen nicht verkneifen. „Stell dir vor, sie wäre fünf Minuten
früher erschienen und hätte uns im Vorratsschrank überrascht."
„Elsas Vorratsschrank, ihr beide?" Kevins Kopf schoss zu mir herum.
„Mehr Informationen, bitte!" verlangte er, erntete jedoch lediglich eine
Kopfnuss von Geoffrey.
„Du bist eine Fremde im Kloster. Du bist kein Mitglied. Rina war mehr
als empört über dich. Sie hat Vater furchtbar gemaßregelt deshalb. Sie ist
sehr einflussreich, das musst du begreifen. Ihr Wort zählt viel und deine
Anwesenheit war für sie ein Grund zur Sorge." sagte Geoffrey weiter.
„Ja, weil sie gespürt hat das ihr die Felle davon schwimmen. Ihre Erobe-
rungsversuche scheiterten alle samt. Und über den mysteriösen Spender
hat sie auch nichts erfahren. Mich hat sowieso gewundert, sie um diese

Jahreszeit im Kloster vorzufinden." warf Kevin wieder ein. „Das war eine Überraschung, aber keine Gute. Du weißt, ich habe sie nie gemocht, egal was zwischen dir und ihr vor ein paar Jahren lief."
Wir schwiegen einen Moment.
„Ich war im Herbst drüben im Haus in Russland um, wie es meine Pflicht als Hüter ist, Bericht über den Überfall zu erstatten. Außerdem musste ich ihnen von dem gefundenen Defender erzählen." Seine Hand glitt nach hinten und suchte meine, die er sanft drückte. „Die Entdeckung war zu gewaltig um sie zu verheimlichen. Doch meine Aussage über den betreffenden Defender waren wage und ungenau. Ich erzählte ihnen nur, dass der Defender noch sehr jung und unausgebildet sei, ohne Training seiner Fähigkeiten, jedoch über ein starkes Lebenselixier verfüge. Ich geriet unter Druck, da ich den Defender nicht umgehend zu ihnen gebracht hatte. Das war mir klar gewesen, doch." Wieder drückte er meine Hand. „War es mir wert. Sie haben nicht erfahren, dass es sich um eine Frau handelt. Jedenfalls gelang es mir, sie zu beruhigen, indem ich ihnen von unseren neuen Gönner erzählte der das Kloster mit unglaublich hohen Summen unterstützt. Das machte Rina neugierig und sie beschloss mich Nachhause zu begleiten."
„Und dann kommst du Nachhause und triffst ausgerechnet auf mich." beendete ich seinen Bericht. „Du wolltest mich beschützen und ich renne ins offene Messer."
„Okay..." sagte Kevin. „Sache geklärt... können wir jetzt noch mal auf die Vorratskammer zurückkommen?"

6. Kapitel

Geoffrey hatte den Jeep an einem Waldrand angehalten. Er wies gerade auf einen kleinen Hügel, und unterhielt sich leise mit Kevin, als ich mit einem lauten Schrei von der Rückbank hochschoss. Ich war während der Fahrt eingeschlafen und im Traum war es mir endlich gelungen, Susan zu erreichen. Die ganze Zeit über war die Tür zu ihr verschlossen gewesen. So oft ich es auch versucht hatte, Susan hatte nicht geantwortet. Doch jetzt hatte ich ein Zeichen von ihr erhalten. Sie war nicht wie üblich zu mir durch die Tür geeilt, sie war gekrochen, lallend, betäubt, voller Schmerzen.

Sofort war Geoffrey an meiner Seite und hielt mich, als ich unter Schmerzen zurück fiel. „Sie foltern sie! Sie setzen Susan und Nick unter Drogen um etwas über mich zu erfahren!" gelang es mir zu sagen. „Heute ist Susan das erste mal so klar, das sie mir antworten konnte! Sie und Nick sind zusammen in einem Keller eingesperrt. Ein Kerl kommt jeden Tag und macht Experimente mit ihnen!" Mir wurde übel und Geoffrey hielt meinen Kopf, als ich gegen das Würgen ankämpfte.

„Das heißt also keine Waffen für uns?" fragte Geoffrey und ich nickte nur. „Was heißt keine Waffen? Was hat diese Susan mit den Waffen zu tun, die du herbei zaubern kannst?" fragte Kevin, doch Geoffrey winkte nur ab. „Wichtig ist nur, dass wenn wir Susan gefunden haben, ihr Zugang zu Papier und Bleistift zu beschaffen." antwortete er. Jetzt sah Kevin noch verwirrter aus.

„Susan ist meine Waffenmeisterin!" sagte ich gegen die Übelkeit ankämpfend. „Oder warum glaubst du habe ich in meinem Kopf eine Tür auf der in breiten Buchstaben SUSAN steht!" Mein Ton war ungehalten, doch beide Männer ignorierten es. „Susan muss ganz in der Nähe sein, sie ist so schwach, es hätte sonst nicht geklappt." sagte ich etwas milder. „Ich habe da eine Idee, wie wir etwas weiterkommen." sagte Kevin nach einen Moment des Schweigens. „Ich habe nicht nur die Adresse sondern auch die Telefonnummer des Sanatorium da oben notiert." Er griff zu seinem Handy. „Wie hieß der Professor mit dem du geredet hast?" fragte er mich. „Schnyder!" sagte ich.

Kevin wählte die Nummer und war fast augenblicklich verbunden. „Ist Professor Schnyder zufällig zu sprechen?" fragte er ins Telefon. „Er ist momentan nicht im Haus? Wann erwarten sie ihn denn wieder? Es geht um eine Neuaufnahme, ein schwieriger Fall. Eine junge Frau, die behauptet, wiedergeboren worden zu sein." sagte er dann weiter. Er bedankte sich und beendete das Gespräch. Dann drehte er sich zu mir und Geoffrey um.

„Also, der Professor befindet sich wirklich dort oben im Sanatorium, ist aber im Moment nicht zu sprechen." sagte er dann nachdenklich. „Na klar, weil er dabei ist, Susan und Nick zu foltern!" warf ich bitter ein. „Wenn er wieder zu sprechen ist..." setzte Kevin weiter an. „...werde ich mich mit ihm treffen. Mich kennt er nicht. Dich schon und bei Geoffrey bin ich mir nicht sicher. Wenn die drei Kerle von neulich bei ihm sind, werden sie sich vielleicht an dich erinnern." sagte er. Geoffrey nickte zustimmend. „Also wenn ich mich mit dem Professor treffe, kann er nicht bei Susan und diesem Nick sein, dann ist der Weg zu ihnen frei... hoffe ich. Ihr werdet euch ins Sanatorium schleichen und sie suchen müssen. Ich halte den Professor so lange auf, wie möglich."

„Wir müssen in den Keller!" sagte ich. Wieder nickten beide Männer. Während Kevin auf den Rückruf des Professors wartete, erkundeten Geoffrey und ich das Gelände des Sanatorium. Es schien verlassen. Geoffrey zog sich an der Mauer hoch und besah sich das leere Grundstück. Es war alt und verwahrlost. Hier schienen schon lange keine Menschen gewesen zu sein. Vorsichtig schritten wir um das Gelände herum, besahen es uns von allen Seiten. Überall der gleiche triste Anblick. Geoffrey zog mich in seine Arme und küsste mich lange. „Wir werden sie befreien. Wir schaffen es. Das verspreche ich dir, Mary." flüsterte er. Ich nickte und schmiegte mich in seine Arme."Und ich trete den Arschlöchern in den Arsch das es blutet!" schwor ich. „Lass uns weiter gehen." sagte Geoffrey und nahm meine Hand.

Es dauerte zwei Stunden, dann meldete sich Kevin bei uns. Er hatte sich mit Professor Schnyder in einem Restaurant verabredet, an dem wir am Vormittag vorbeigefahren waren. Das hieß, er würde das Sanatorium verlassen. Ich atmete auf.

„Ich denke, das Sanatorium ist ein Versuchslabor." mutmaßte Geoffrey. Ich sehe keine Gardinen an den Fenstern, keine Menschen auf dem Gelände. Ich schätze, Susan und Nick sind die einzigen Insassen hier." Ich nickte. Wir warteten, bis wir einen Wagen vom Gelände fahren sahen.

Geoffrey zog sich wieder fast mühelos die Mauer hoch. Wieder konnte ich ihn nur bewundern. Ich hatte ihn trainieren sehen, wusste wie sportlich er war, aber es erstaunte mich immer noch, wie mühelos er selbst große Hürden überwand. Er reichte mir die Hand und half mir. Dann schlichen wir über das Gelände zu dem Sanatorium.

Wie Geoffrey vermutet hatte, war das Gebäude verlassen. Mein Muttermal begann zu kribbeln, ich spürte, Susan war in der Nähe, ich kam ihr immer näher. Vorsichtig betraten wir das weitläufige Gebäude und wählten die Treppe nach unten. Wir liefen um eine Ecke... und blieben stehen. Zwei Männer verstellten uns den Weg. Ich erkannte sie als unsere Angreifer neulich. Mit schnellen Schritten kamen sie auf uns zu.

Ich rannte ihnen entgegen, noch im Laufen sprang ich den hinteren der Männer an, warf ihn mit Wucht zu Boden. Während Geoffrey noch mit den anderen Mann kämpfte, holte ich aus und schlug meinen Gegner mit einem gezielten Faustschlag bewusstlos. Wieder kam mir meine unglaubliche Kraft zu gute. Auch Geoffrey hatte seinen Gegner schnell überwältigt. Er hob ihn hoch und knallte ihn gegen die Wand. Der Mann keuchte. Geoffrey holte aus und schlug ihn ebenfalls bewusstlos.

„Erste!" rief ich triumphierend. „Wie ich sehe habe ich dir nicht nur mein Leben sondern auch meine Kraft vererbt." Geoffrey holte tief Luft und strich mir das Haar aus dem Gesicht. „Du bist unmöglich, Liebes." flüsterte er schief grinsend.

Ich hörte leises Rufen, es war Nick, eindeutig Nick, der meine Stimme erkannt haben musste. Wie rannten den Gang hinunter und stoppten vor zwei Zellen. Nick in der Linken, er stand an der Gittertür und sah uns erleichtert entgegen. Susan lag in der rechten Zelle auf einem provisorischen Bett aus Lumpen und Decken. Sie reagierte nicht auf mein Rufen. „Sie steht unter Drogen!" rief Nick verzweifelt. Geoffrey rannte den Gang zurück und kam mit einem Schlüsselbund wieder. Grimmig schloss er die Zellen auf und nahm Susan auf die Arme, ich stützte Nick. Gemeinsam gingen wir den Gang zurück.

„Verdammt!" stöhnte Geoffrey und blieb abrupt stehen.

Die beiden Männer waren verschwunden. „Rennt!" befahl er und warf sich Susan über die Schulter, dann griff er Nick am Ellenbogen und riss ihn mit sich. Wir hörten die Männer hinter uns. Sie hatten Verstärkung geholt. Jagten mit Pistolen bewaffnet hinter uns her. Kugeln flogen mir um die Ohren, während ich Geoffrey und Nick folgte, versuchte, ihnen den Rücken freizuhalten. Ich warf Stühle, Tonnen und sperrige Gegenstände um und hoffte nicht von den Kugeln getroffen zu werden. Ich schrie auf, als mich eins der Geschosse streifte und eine rostige Leitung an der Decke traf. „Rennt weiter!" schrie ich Geoffrey an, der kurz gestockt hatte. Mein Plan war, die schwere Eisentür, die wir bei unseren Eintritt geöffnet hatten, zu schließen bevor die Kerle sie erreicht hatten. Sie würden eingeschlossen sein und wir hatten einen guten Vorsprung, so hoffte ich jedenfalls. Geoffrey rannte, ich folgte. Wieder ging eine Kugel an meinen Kopf vorbei in die obere Leitung, die nun gefährlich laut pfiff.

Endlich waren Geoffrey und Nick durch die Tür, ich folgte ihnen und warf die schwere Tür ins Schloss. Was war ich dankbar für meine außerordentliche Kraft. Ich sah Geoffrey der weiterlief, in der Gewissheit dass ich ihm folgen würde. Von drinnen hörte ich erneute Schüsse, dann lautes schreien. Ich wendete mich ab um Geoffrey zu folgen... Ein unmenschlich lauter Knall riss mich aus meinem Universum... Gas, das war eine rostige Gasleitung gewesen, die die Kugeln getroffen hatten, das war mein letzter Gedanke...

Ich trieb durch die Helligkeit der lauten Explosion. Warum schwebte ich? Irritiert sah ich mich um. Ich war schwerelos, mein Körper, der immer präsent gewesen war, egal wie oft ich schon gestorben war, existierte nicht mehr. Es gab nur noch mich, mein Denken, mein Fühlen... meine Seele?

Was war nur geschehen? Wo war mein Körper? Ich sah mich um, doch ich konnte nichts entdecken...

Geoffrey... ich sah ihn im Wald liegen, die Explosion hatte ihn von den Beinen gerissen. Er lag dort, neben ihm Susan und Nick. Sie bewegten sich. Sie waren alle drei in Ordnung, meine Seele beruhigte sich. Geoffrey, ich ließ mich fallen, strich ihm, wie eine Windböe gleich, sanft über den Kopf, als er sich langsam erhob. Er bückte sich nach Susan und half Nick auf die Beine. Noch hatte Geoffrey nicht bemerkt, dass ich nicht mehr existierte. Er warf einen Blick hinter sich, drauf vertrauend, dass ich jeden Moment auftauchen würde. Doch ich kam nicht... Ich konnte nicht. Ich hatte ja keinen Körper mehr... Immer wieder sah Geoffrey sich nach mir um, während er Susan und Nick zum Hügel brachte. Langsam wurde er nervös, blieb stehen um auf mich zu warten, doch ich kam nicht.

Es wurde Zeit für mich, ihn zu verlassen... ich wollte nicht, doch nichts hielt mich hier mehr. Was hatte Kevin noch gesagt? Ich würde ewig leben, solange ich einen Körper hatte. Doch mein Körper war wahrscheinlich zerfetzt worden, zerfetzt von der Explosion...
Ich trieb dahin, darauf wartend, das meine Seele sich von dem hier und jetzt lösen würde...Wie lange würde das wohl dauern? ich sah, wie Geoffrey Susan und Nick tiefer in den Wald brachte. Wie er dann wieder kam und verzweifelt in den Trümmern des Sanatoriums nach mir, meinen Körper suchte. Wie er jeden Brocken, jeden Stein umdrehte.
Ich hatte keine Ahnung, wie viel Zeit vergangen war. Irgendwann tauchte Kevin auf und zerrte den vollkommen erschöpften Geoffrey fort. Hin zum Jeep, hin zu Susan und Nick. „Wir müssen hier weg, Bruder." sagte Kevin sanft. „Es hat Tote gegeben.Wir müssen verschwinden. Nicht lange und die Polizei wird auftauchen! Und Susan braucht dringend Hilfe." sagte er sanft, doch mit Nachdruck. Er setzte Geoffrey auf den Beifahrersitz und startete den Wagen. Geoffrey antwortete nicht, als Kevin den Wagen wendete und davon fuhr.
Meine Seele wollte ihnen folgen, wollte sich vergewissern, dass sie in Sicherheit sein würden, doch ich konnte nicht, meine Seele konnte das Gelände nicht verlassen. Ich wurde in eine weit entfernte Richtung gezogen. Ohne mich wehren zu können, trug mich eine Windbö davon.

Tagebuch von Susan Jenkins

15.Januar

Liebe Mary

Du bist nicht tot!!!
Du kannst nicht tot sein! Ich kann, will und werde das nie und nimmer akzeptieren!
Geoffrey und Kevin brachten Nick und mich zurück zu Nicks Eltern. Von dort aus fuhren wir mit dem Cadillac ins Kloster, während Geoffrey und Kevin, ein super Typ übrigens, echt lecker um es mit deinen Worten auszudrücken, zurück zu den Ruinen des Sanatoriums fuhren um weiter nach dir zu suchen. Doch auch nach zwei weiteren zermürbenden Tagen haben sie nichts gefunden.Keine Spur von dir......WO BIST DU!!!
Um dieses Schwein, diesen Schnyder, hat sich die Gemeinschaft gekümmert. Er wurde „Beseitigt!", so sagte Geoffrey. Der wird nie wieder Menschen entführen oder sie für Experimente missbrauchen... Schnyder hatte den verwirrten Geschichten deiner Mutter Glauben geschenkt und wollte dich in seine Finger bekommen. Als sein Überfall auf dich und Geoffrey fehlschlug, hatte er mich und Nick entführen lassen. Er wusste, du würdest uns suchen kommen...Dieses Schwein hoffte, mit deiner Lebensenergie viel Geld machen zu können...

Eine Woche ist seit dem Tag vergangen, da du und Geoffrey uns befreit habt... die längste Woche meines Lebens, unseres Lebens. Niemand hier im Kloster lacht mehr, wir schweigen. Niemand spricht es laut aus. Jeder hat Angst, würde er es laut aussprechen, es unbarmherzige Wahrheit werden würde...
Elsa sagte, wir müssen dich gehen lassen, deiner Seele Ruhe gönnen... und doch ist sie es, die jeden Tag den Tisch deckt und immer ein Stuhl frei bleibt beim Essen, der Stuhl neben Geoffrey...
Geoffrey sieht schlecht aus, er isst nicht, hält sich nur noch in der Krypta auf, kommt nur nach oben, wenn eine Versammlung ansteht. Die Gemeinschaft ist in großer Aufruhr. Unsere Entführung, die Entführung Außenstehender, zeigt, wie verletzlich die Gemeinschaft geworden ist. Geoffreys und Kevins eigenmächtiges Handeln hat für viel Trubel und Ärger gesorgt. Und

sie halten es für ein großes Unglück, das ihr einziger Defender, der erste seit Jahrhunderten, sein Leben gelassen hat dabei... Aber dass glauben nur diese Vogelscheuchen, diese Gruftis, denn sie kennen dich nicht so gut wie ich... Du hast 12 Morde deiner Mutter überlebt, hast gegen den Oberguru Jerry/ Gregorius gekämpft und bist freiwillig gestorben um den Mann, den du seit deinem 15. Lebensjahr liebst, zurück aus dem Reich des Todes zu holen... und so eine kleine Explosion soll dein ende sein? Ich bitte dich! Ich weiß es... du hast dem Teufel wieder kräftig in den Arsch getreten... melde dich, bitte.

Ich mache kaum noch ein Auge zu, in der Angst eine Nachricht von dir zu verschlafen... Ich sehe bereits selbst wie ein Zombie aus und so fühle ich mich auch. Wir vermissen dich so sehr.

Nick versucht mich mit Ausdrücken wie Arschloch, Blödmann oder Idiot aufzuheitern... doch es ist nicht dasselbe, als wenn du es sagst...

P.S. Ich habe endlich diese Katharina Galliwow kennengelernt. Man ist die Frau ätzend!!! Selten habe ich solch eine arrogante Frau getroffen. Und sie scheint sich tatsächlich über deinen... Verlust zu freuen!! Sie ist immer hinter Geoffrey her, lässt ihm kaum Ruhe. Kein Wunder, dass er sich im Keller versteckt!! Steckt er mal die Nase aus der Tür, hängt sie an seinem Arm, Widerlich, echt jetzt!!!! Ich würde ihr am Liebsten eine Reinhauen, so richtig mit Geschmackes! Mit dem besten Grüßen von dir... Elsa bestätigte mir, wie sehr du diese Frau verabscheust! (Merkst du? Ich schreibe in der Gegenwart, denn ich weiß mit Gewissheit dass du dies irgendwann lesen wirst)Wenn alle anderen verzweifeln... ich gebe nicht auf!
Wo also steckst du! Melde dich. Wir brauchen dich!!!

Ich erwachte, weil ich Schmerzen hatte, starke Schmerzen...
Ich schrie laut auf. Mein ganzer Körper schmerzte. Ich lag auf einem Bett und doch spürte ich leise Fahrgeräusche . Vorsichtig wendete ich meinen Kopf hin und her. Wo war ich?
„Langsam ganz vorsichtig meine Kleine." hörte ich eine freundliche

Frauenstimme sagen. Sie beugte sich über mich und ich blickte in zwei
große, klare braune Augen. „Dich hat es mächtig erwischt." Sie half mir,
mich vorsichtig aufzusetzen. Sofort merkte ich ein heftiges Ziehen in
meiner Brust. „Du hast zwei Rippen gebrochen, Liebes." sagte die Frau.
„Wo bin ich?" konnte ich endlich stockend fragen. „In unserem Wohnmobil. Ich bin Gloria. Mein Sohn, Ethan sitzt am Steuer während ich
mich um dich kümmere."

Jetzt fuhr das Wohnmobil durch ein Schlagloch, es rumpelte. Wieder
fuhr mir der Schmerz durch die Rippen. Gloria reichte mir ein Glas
Wasser, das ich dankend annahm. Mein Kopf schien zu explodieren, als
ich versuchte, mich an irgendetwas zu erinnern...

„Ähm..." begann ich, als ich das Glas leer getrunken hatte. „Können sie
mir sagen, was passiert ist? Und... und... und wer ich bin?" fragte ich.
Plötzlich war ich mir bewusst, in meinem Kopf herrschte Leere...

„Wir wissen nur, dass du Mary heißt. Das steht auf deiner hübschen
Kette." sagte Gloria sanft. Sie strich mir das Haar aus dem Gesicht. Ich
fasste nach der wunderschönen Kette. Tatsächlich, dort stand der Name
Mary. Na gut, ich hieß also Mary, was für ein einfallsloser Name, dachte
ich. Hätte ich nicht wenigstens Bella oder Violetta heißen können? Ausgerechnet Mary...

Doch Gloria sprach bereits weiter. Also sollte ich mich besser konzentrieren. „Wir sind ein kleiner Wanderzirkus, Süße. Wir haben vor einer
Woche in einem Wald nahe einem alten Sanatoriums gezeltet... das spart
uns Platzgebühren und unsere Tiere haben dort etwas mehr Auslauf.
Einen Abend hörte Ethan eine Explosion. Er ging nachsehen und fand
dich etwas Abseits im Wald liegen, du warst mehr tot als lebendig, aber
er brachte dich zu uns." erzählte Gloria. Sie schob mir ein weiteres Kissen in den Rücken, dann reichte sie mir etwas Suppe. „Endlich bist du
wieder aufgewacht. Du warst fast die ganze Woche ohne Bewusstsein.
Es gelang uns nur unter Mühen, dir etwas Wasser und Nahrung einzu-
flößen. Du kommst aus dem Sanatorium. Wir wollten nicht riskieren,
dich zu einem Arzt zu bringen, der Fragen gestellt hätte." sagte sie . Ich
nickte, komischer weise verstand ich sie. Wahrscheinlich war ich dort
eine der Patientinnen gewesen...

„Wir sind hier ein bunt gewürfelter Haufen von Menschen, hier hat
jeder eine Geschichte. Niemand urteilt hier über den anderen. Aber wir

meiden, wenn möglich Polizei oder Behörden." erzählte Gloria weiter.
Es steckte eine Warnung in ihren Worten, eine Warnung die ich gut
verstand.

„Doch, wer bin ich!" wieder diese Frage, wer war ich, was war ich?
Warum war ich dort gewesen, dort an diesem Ort? Warum schien mein
Kopf jedes mal zu explodieren, wenn ich versuchte, mich zu erin-
nern? Warum hatte ich in einem Wald gelegen? Wieder ein stechender
Schmerz in meinem Kopf. „Meine Kleidung, vielleicht finden wir dort
Hinweise?" fragte ich hoffnungsvoll, doch Gloria schüttelte traurig
den Kopf. „Du warst nackt, als Ethan dich fand." sagte sie bedauernd.
Wieder strich sie mir liebevoll übers Haar. „Schlaf noch ein wenig. Wir
werden noch ein paar Stunden unterwegs sein."
Erschöpft legte ich mich zurück und war eine Minute später wieder
eingeschlafen. Manchmal schreckte ich im Schlaf zusammen, es war
als würde jemand in meinem Kopf klopfen...Klopf... Klopf... Klopf, so
als verlangte jemand Einlass. Ich verzog mein Gesicht und drehte mich
etwas, dann verschwand das Klopfen...
Es war Abend, Licht brannte im Wohnmobil als ich sanft geweckt
wurde. Ein freundliches Männergesicht beugte sich über mich. „Hallo
Dornröschen aufwachen!" sagte er lächelnd. Ich schlug meine Augen auf
und versuchte ebenfalls ein Lächeln, doch meine Lippen schmerzten.
„Schon gut, Hübsche. Das wird schon. Ich bin Ethan, Glorias Sohn." Er
reichte mir wieder einen Teller Suppe.
„Gewöhne dich besser daran, bei uns gibt es sieben Tage die Woche
Suppe." scherzte er. „Gutes Futter gibt es nur für die Tiere." Ich hob
den Kopf und lauschte. Draußen konnte ich verschiedene Tiere hören.
„War das ein Tiger?" fragte ich neugierig. Ethan nickte. "Sehr gut Kleine.
Das funktioniert also. Tiere erkennst du noch. Wie sieht es mit deinen
Namen oder andere Dinge aus?" fragte er. Ich nickte, versuchte mich
an irgendetwas aus meinem Leben zu erinnern, doch wieder schmerzte
mein Kopf. Tausend Lichter schienen darin zu explodieren. „Verdammte
Scheiße!" fluchte ich wütend. Ethan lachte hell auf. „Also Fluchen klappt
auch. Das ist doch schon mal was."
Er half mir auf und brachte mich zur kleinen Nasszelle im Wohnmobil.
„Wie niedlich!" scherzte ich. „Das luxuriöse Bad im ganzen Zirkus. Bestätigte Ethan lachend. „Madame, es gehört ganz ihnen."

Ethan lehnte sich draußen gegen die kleine Tür und wartete geduldig bis ich alles erledigt hatte, dann brachte er mich zum kleinen Bett zurück. „Du musst noch etwas liegen, aber bald wird es dir besser gehen. Deine Wunden heilen erstaunlich schnell." sagte er mit einem Befehlston, der mir irgendwie vertraut vorkam. Unbekannte Sehnsucht rührte sich einen Moment in mir. „Du klingst wie ein Lehrer." stöhnte ich und entlockte Ethan ein Lächeln. "Das ist mir egal, Hauptsache du wirst gesund."

7. Kapitel

Tagebuch von Susan Jenkins

8. Februar

Liebe Mary
Du bist nicht tot!!!
Drei Wochen sind seit deinem... Weggang vergangen. Hier im Kloster
kehrt langsam, ganz langsam die Routine wieder ein. Kinder haben
Unterricht, Jugendliche chatten im Internet... Lisa und Timothy spielen
wieder öfter draußen, es ist unwahrscheinlich warm für Februar. Doch sie
spielen still. Zu still, es liegt keine Freude in ihrem Spiel. Diese dämliche
Rina ist immer noch hier. Sie bearbeitet Geoffrey rund um die Uhr, nervt
Elsa und redet Mirow ständig in seine Geschäfte rein.

Armer Geoffrey, er ist nicht mehr derselbe... du weißt was ich meine...
nicht mehr der Mann, der dich immer zur Weißglut bringen konnte mit
seiner ruhigen, stoischen Art, seiner grenzenlosen Pflichterfüllung, sei-
nen... ganzen Geoffrey sein! Auch er kann sich mit deinem... nicht abfin-
den. Er spricht kaum noch, und wenn, nur einsilbig. Neulich rief irgendje-
mand Arschloch über den Hof... Geoffrey riss seinen Kopf in die Richtung,
in der Hoffnung es wärst du gewesen... seitdem sind Ausdrücke dieser Art
strickt verboten hier im Kloster...
Ich habe versucht, ihm auf andere Gedanken zu bringen. Ich konnte
Geoffrey überreden, mit mir Blut zu tauschen, aller Winnetou, so wie
wir beide. Ich hoffte auch er könnte sich dann Waffen von mir wünschen.
Doch das funktioniert wohl doch nur mit dir. Fünfzehn Versuche, nichts
funktionierte, dabei hatte ich gehofft, dass weil er doch dein Lebenseli-
xier in sich trägt es klappen müsste. Ich wollte es weiter versuchen, doch
Geoffrey verschwand einfach wieder in der Krypta!

P.S. Heute kam ein Brief von deinem Anwalt.. bis zu deiner Wiederkehr bin ich alleinige Vermögensverwalterin! Toll! Danke!
Gut das du mich darüber informiert hast??? Merkst du den Sarkasmus darin? Wäre schön gewesen vorher wenigstens gefragt worden zu sein! Kannst du dir meine Überraschung vorstellen????" Liebes, melde dich endlich, es eskaliert hier alles!!!

Nach 14 Tagen konnte ich das Wohnmobil wieder verlassen. Meine Verletzungen war so schnell geheilt, dass es an ein Wunder grenzte, wie Gloria behauptete. Meine Verletzungen waren wohl schlimmer gewesen als sie mir erzählt hatten. Schnell lernte ich alle andere unserer bunten Familie kennen.

Da war Oskar, gut 2 Meter groß, 130 kilo schwer und Glorias Freund. Er kassierte den Eintritt, spielte den starken Mann, der Gewichte hob und und mimte den Clown.

Pierre war der Pantomime und der Schlangenmann, mir wurde richtig gehend übel, als ich zusah wie er sich in eine kleine Kiste quetschte.

Dann war da noch Olga. Sie war Russin, und trotz meiner unerklärlichen Abneigung gegen Russen, mochte ich sie. Sie konnte einige gute Zaubertricks und spielte in der Pause die Wahrsagerin. Sie war sehr gut darin, das musste ich ihr zugestehen. Ihr Mann Roberto kam ebenfalls aus Russland. Er war Seilkünstler und kümmerte sich um die Tiere.

Ethan spielte den Zirkusdirektor und führte die Tiernummern vor. Der Tiger war alt und schwach, doch er tat seine Arbeit.

Gloria war Trapezkünstlerin und verkaufte Popcorn, Zuckerwatte und Schokolade an einen Stand. Sie war die eigentliche Chefin hier, was sie sagte, wurde getan.

Tagsüber traten sie auf oder wir fuhren.. Abends trafen wir uns an einem Feuer um die Pläne für den nächsten Tag zu besprechen..

Wir saßen alle um ein riesiges Lagerfeuer versammelt. Es wärmte uns und wir genossen die laue Abendluft.

„Ich möchte auch helfen." sagte ich nachdenklich. „Irgendetwas könnte ich doch tun."

„Was kannst du denn?" fragte mich Oskar lächelnd. Sie alle hatten mich aufgenommen, ihr Heim und Essen mit mir geteilt.

Niemand stellte Fragen oder misstraute mir. Ich war jetzt ein Teil von dieser Familie. Das mindeste was ich tun konnte war, mich nützlich zu machen.

„Ich bin stark, sehr stark!" sagte ich, woher ich das wusste? Keine Ahnung, jedenfalls erntete ich Gelächter. „Du siehst nicht gerade stark aus!" lachte Ethan. „Du gehst mir ja gerade bis zur Schulter."

„Ich will es testen." sagte Oskar. „Komm Mädchen hebe mich hoch!" sagte er und wieder scholl Gelächter auf.

„Okay" antwortete ich nur. Ich erhob mich, ging etwas in die Hocke und legte meine Arme um Oskars Oberschenkel, dann hob ich den großen Mann auf und trug ihn ohne Mühe einmal ums Lagerfeuer. Der Große Mann ruderte mit den Armen um das Gleichgewicht nicht zu verlieren. Es herrschte atemlose Stille, als ich Oskar wieder runter ließ. Ich war noch nicht einmal außer Atem.

„Wow" sagte Ethan endlich. „Das könnten wir in eine Nummer einarbeiten." Begeistertes Nicken folgte.

Bereits am nächsten Tag probten wir, Ich sollte als Clown verkleidet durch die Arena laufen, verfolgt von Oskar, dann sollte ich ihn packen und in die Luft werfen. Dort sollte er einen Moment an einer Schaukel hängen und schreien, bis ich ihn wieder auffing. Keine Stunde später saß die Nummer. Ohne Mühe konnte ich Oskar werfen und wieder auffangen. Es war eine grandiose Nummer. Gloria und Ethan standen in der Arena und spendeten begeistert Applaus als wir sie ihnen vorführten.

Niemand hier im Lager hinterfragte meine Kraft, stellte Fragen oder war argwöhnisch. Ich mochte sie.

Immer noch fehlte mir jegliche Erinnerung, und doch, ich fühlte mich trotz allem wohl. Es war, als hätte ich eine Familie gefunden.

Unsere kleine Nummer kam so gut an, dass wir bereits am zweiten Tag ausverkauft waren. Hatten wir am ersten Tag nur halbvolle Ränge so drängten sich die Leute bereits an den folgenden Tagen. Jeder wollte die starke, kleine Frau sehen. Die Menschen kamen auf mich zu und fragten nach dem Trick dahinter. Doch ich schwieg nur... In der Pause kümmerte ich mich um die Kinder... Kinder liebten mich und kamen in Scharen um mich zu sehen. Wo immer ich auftauchte, war ich von Kindern umringt... Es gab ordentlich Geld, wenn ich mich mit ihnen fotografieren ließ. Ich blies Luftballons auf, die ich dann verkaufte. Die Kinder waren überglücklich... Ethan war begeistert, so viel Geld hatten sie noch nie verdient. Er behauptete, ich sei ihnen vom Himmel gesandt worden...

Ethan hatte einige Zuckerwürfel besorgt. Wir gingen über die Wiese zur Pferdekoppel. Ich streichelte die Pferde, die sofort zu mir kamen, als ich mich ihnen näherte. „Merkwürdig, die Tiere scheinen mich ebenso zu lieben wie die Kinder. Selbst der Tiger ließ sich von mir streicheln, sehr zur Verwunderung von Gloria." sagte ich nachdenklich.
 „Bist du schon mal geritten?" fragte Ethan mich jetzt. Er reichte mir Zuckerwürfel, die ich großzügig verteilte. Vorsichtig nahmen die Tiere sie mir aus den Händen. Ihre Mäuler fühlten sich weich und warm an, das erste mal empfand ich ich so etwas ähnliches wie Glück? War das Glück? Ich wusste es nicht.
 „Blödmann, woher soll ich das denn wissen?" sagte ich nervös und gab ihm einen Knuff, der ihn rückwärts stolpern ließ. „Vergessen? Vakuum im Kopf? Hohlbirne?" Ich versuchte zu lachen, doch... ich konnte es nicht... verdammt, was war los mit mir?
 „Komm, versuche es, die Pferde mögen dich." sagte Ethan jetzt und half mir am Gatter hoch. Eine Erinnerung an jemand anderen, der mir geholfen hatte, schoss durch meinen Kopf... war aber sofort wieder verschwunden...
Er hielt das Pferd am Halfter und führte es im Kreis. Ich saß auf dem Rücken des Tieres und fühlte mich frei. Ich streckte meine Arme aus und lachte glücklich... das erste mal, das ich lachte! Ich lachte das erste mal seit meinem Aufwachen, fiel mir auf. Ich saß auf einem Pferd und konnte lachen? Warum jetzt? Meine Konzentration war dahin. Ein Aufschrei, dann rutschte ich, fiel und knallte mit dem Kopf hart gegen das Gatter. Dunkelheit... dann war ich ohnmächtig.

Liebe Mary

Du lebst, du lebst, du lebst!!!

Ich schoss im Bett hoch und schrie, ich schrie und schrie. Heftiger Schmerz durchflutete mich!

Die Tür in deinem Kopf war aufgegangen! Nur einen Spalt und nur für wenige Sekunden, doch sie war offen gewesen!

Ich riss Nick am Kragen seines Schlafanzugs und schrie ihn an, schrie dass ich dich gespürt hätte. Dass du mich in deinen Kopf hast sehen lassen. Nur einen Spalt aber es hatte gereicht. Mein geliebter Nick, er sah mich schlaftrunken an und sagte, ich hätte geträumt und sollte mich beruhigen und wieder hinlegen.

Man, am liebsten hätte ich ihm eine gescheuert!

„Arschloch!" schrie ich. Ich sprang aus unseren Bett und griff mir im Laufen meinen Morgenmantel. Die Zimmertür knallte laut. Dann rannte ich den langen dunklen Gang entlang auf den Weg zu Geoffrey. Verdammt! Wenn mir einer glauben würde, dann er!!!

Er musste mir einfach glauben!

Mein Lauf wurde jäh unterbrochen,als diese dämliche Rina aus ihrem Zimmer trat und wissen wollte warum ich um diese Uhrzeit solch einen Lärm verursachte... keine Panik, Süße, sie wäre die letzte der ich es erzählen würde.

„Ich suche Geoffrey!" sagte ich deshalb nur. Ich wollte weiterlaufen, doch sie hielt mich am Arm zurück. „Lassen sie ihn in Ruhe! Er hat genug Probleme! Er sollte sich lieber um das Geld seines Gönners bemühen, als diesem Kind hinterher zu weinen! Diesem verdammten, nervigen Kind! Er hat Auflage der Gemeinschaft, den erhöhten Betrag anzunehmen. Vielleicht sollten sie ihn daran erinnern! Auf mich hört er ja nicht! Er hört auf niemanden!" fauchte sie mich an. Ihre langen Fingernägel bohrten sich in meinen Oberarm und taten mir weh... Man war ich wütend, Mary!

„Zu ihrer Information, elende Bitch!" hatte ich sie angeschrien und es war mir egal, wer es hören konnte. „Meine beste Freundin Mary ist der Gönner. Sie ist stinkreich! Sie hat Geoffrey das Geld zur Verfügung gestellt, weil sie ihn liebt! Und bis sie wieder bei uns ist, verwalte ich ihr Vermö-

gen! Glauben sie allen ernstes, sie werden auch nur einen weiteren Cent von Marys Geld bekommen???" Du hättest Rinas Gesicht sehen sollen!! Voller Flecken, richtig eklig. Nichts mehr von elegant und schön.
Egal ich hatte wichtigeres zu tun, ich ließ sie stehen und lief barfuß weiter in den Keller, vorbei an Spinnen und Ratten. Ekelig, aber das war mir in diesem Moment egal. Ich musste unbedingt Geoffrey finden...
Zuckermaus, ich fand Geoffrey in der Krypta. Er saß zusammengesunken auf dem ekligen Tisch, der mich wieder an den Sommer erinnerte, als er tot darauf gelegen hatte, du nackt über ihn. Kevin war bei ihm und redete anscheinend vergeblich auf ihn ein. Er versuchte Geoffrey davon zu überzeugen, dich loszulassen und wieder seinen Pflichten nach zu kommen.
„Geoffrey, es sind sechs Wochen vergangen. Sechs Wochen, Bruder. Wenn sie noch leben würde, dann hätte Mary sich doch bereits gemeldet. Sie hat dich geliebt, sie würde alles versuchen, um zu dir zu kommen." hörte ich Kevin sagen, als ich die Tür aufriss, Kevin beiseite stieß und mich vor Geoffrey aufbaute.
„SIE LEBT!" hatte ich Geoffrey angeschrien. „Mary lebt! Ich war in ihrem Kopf!" schrie ich ihn an. Meine Hände krallten sich in Geoffreys Hemd. Er reagierte nicht. „Verdammt, Sie lebt, Blödmann! Ich konnte eben einen Blick in ihren Kopf werfen! Die Tür, sie war einen Spalt offen!" Ich schüttelte den großen Mann, das muss komisch ausgesehen haben, aber es half. „Mary lebt, komm endlich zu dir, Idiot! Mary lebt!" Ich riss ihn vom Tisch und schüttelte weiter. Endlich reagierte Geoffrey. Er riss mich an sich und schwenkte mich herum. „Wirklich?" fragte er leise. „Das ist wirklich wahr?" Dann küsste er mich ungläubig auf den Mund... in diesem Moment kam Nick in den Raum... in seinen Händen meine Hausschuhe.
„Und?, was habe ich versäumt?" fragte er nur...
Geoffrey setzte mich auf den Tisch (Wie super ekelig) und während Nick mir die Hausschuhe anzog, musste ich wiederholen was ich gesehen hatte. Ganze 12 x!! Dich, wie du am Boden lagst und wie ein Typ sich besorgt über dich beugte, einen Typ den du Ethan genannt hast (Wie kommst du immer zu so gutaussehenden Männern?)...
Ich muss aufhören zu schreiben, Liebes, wir sind auf den Weg zu dir! Geoffrey ist vollkommen wieder er selbst, von einer Sekunde zur anderen... Sein Leben hat wieder ein Ziel.. dich zu finden... Er holt den Cadillac aus der Garage. Nick und Kevin packen unsere Sachen!! Wir werden

wieder bei den Ruinen anfangen zu suchen. Diesmal werden wir nicht aufgeben! Irgendwo werden wir dich finden. Bis dahin Mary
Wir lieben dich!

„Mary? Mary!" Wie aus weiter Ferne hörte ich Ethans Stimme, was war passiert? In meinem Kopf herrschte Chaos. Eben noch war da eine Frauenstimme gewesen, eine Frauenstimme die laut meinen Namen rief, Es war, als wäre eine Tür aufgegangen, ganz kurz, nur einen Spalt und Licht wäre in meinen Körper geflossen, helles, blendendes Licht! Eine Frau hatte hindurch gesehen. „Ethan?" hatte ich gefragt und die Frauenstimme war weg.Dunkelheit war wieder in meinem Kopf, gewohnte Dunkelheit.

Kein Wunder dass Ethan mich bei einem Sanatorium gefunden hatte. Wahrscheinlich war ich eine der Patientinnen dort gewesen, ich war verrückt! Eindeutig. Warum bitte, hatte ich sonst eine kleine Frau in meinem Kopf?
„Es geht schon." antwortete ich und ließ mir hoch helfen. Ethan klopfte mir den Dreck von der Jeans und reichte mir seine Hand. Gemeinsam gingen wir zum Wohnwagen zurück. Er blieb stehen und legte einen Arm um mich. Ich erzitterte etwas. „Ich mag dich Mary." sagte Ethan bedächtig. „Ich mag dich auch." sagte ich langsam. Bemüht es auch so klingen zu lassen, ich spürte nichts... Ethan zog mich zu sich, sein Mund legte sich auf meinen. Ich zögerte und schob ihn wieder von mir. „Ethan, es geht mir zu schnell. Was, wenn es bereits einen Mann in meinem Leben gibt?" fragte ich ihn. „Ich habe keinerlei Erinnerung an mein Leben! Ich könnte eine berühmte Serienkillerin sein." sagte ich verzweifelt. „Was weißt du denn schon von mir?" Ethan grinste, er akzeptierte mein Zögern.

Tagebuch von Susan Jenkins

23. Februar

Liebe Mary

Wir gingen durch die kleine Stadt unterhalb des zerstörten Sanatoriums und ließen unsere Köpfe hängen. Geoffrey, Kevin, dahinter Nick und ich. Müde, dreckig, frustriert. Zu allem Überfluss regnete es fürchterlich und es schien auch nicht aufhören zu wollen...
Wir waren trotzdem bei den Ruinen gewesen, hatten wieder alles abgesucht, doch nichts! Keine Spur von dir! Fast fünf Stunden waren wir dort gewesen und haben nach dir gesucht! Keine Spur, nichts! Jetzt waren wir alle nass, durchgefroren und total schlecht gelaunt...Verdammt was gäbe ich für die kleinste Spur zu dir. Langsam beginnen die Männer an mir zu zweifeln. Nick sieht mich schon so komisch an, so als glaube er dass ich wirklich nur geträumt habe...
Jetzt waren wir auf den Weg zum kleinen Hotel. Dort würden wir uns Zimmer nehmen und überlegen, was weiter passieren sollte. Kevin hatte bereits vorgeschlagen, wieder umzukehren... Niemand von uns hatte auch nur einen Hauch von einer Idee....
Ganz plötzlich blieb Kevin stehen, Ich rannte in den Blödmann, rutschte, und wäre fast gefallen!!! „He Idiot, was soll dass!" hatte ich ihn angeschnauzt, doch er reagierte nicht, sondern sprang in einen halb vollgelaufenen Graben... Igitt!!!
„Das Plakat!" sagte er nur und drei verwirrte Menschen sahen ihn an. „Das Plakat!" wiederholte er und hob ein zerfetztes Plakat aus den Graben. „Ein altes, dreckiges Zirkusplakat, na und?" fragte Geoffrey niedergeschlagen, ohne seinen Blick zu heben. Das war das erste mal heute das er gesprochen hatte.
„Verdammt, Idiot! Sieh genauer hin." forderte Kevin Geoffrey auf. Dann wandte er sich aufgeregt an mich. „Wie hieß der Traummann in Marys Kopf noch?"
„Ethan" antwortete ich, plötzlich neugierig, worauf Kevin hinaus wollte. „Das habe ich doch bereits eine Million mal erzählt!"
Triumphierend hob er das dreckige, abgewetzte Stück Papier in die Höhe. Überrascht trat Geoffrey näher und so etwas Ähnliches wie ein Lächeln

87

erschien auf seinen eingefallenen Wangen..
Wir standen dort. Im strömenden Regen und umarmten uns. Der Himmel hatte uns eine Spur zu dir gesandt...

MENSCHEN, TIERE, ATRAKTIONEN

ZIRKUS AMSTRAND - unter Leitung Ethan Amstrand
stand darauf...
Jetzt Puddingmaus, suchen wir also einen Zirkus...

P.S. Wir lieben dich...

Wir waren in einer neuen Stadt.
Zum Glück hatte es aufgehört zu regnen, wie ich zufrieden feststellte.
Wir waren in der letzten Stadt vier Tage geblieben, es war toll gewesen. Oskars und meine Nummer war so gut angekommen, dass wir einen weiteren Tag dran gehängt hatten. Trotz des Regens waren viele Menschen gekommen um uns zu sehen... Doch nun schien die Sonne, das versprach uns noch eine Menge mehr Publikum...
Ethan legte seinen Arm um mich zu zog mich an sich, ich ließ es geschehen, ich mochte den Mann. „Ethan kannst du mal kommen?" rief Gloria ihn. Ethan gab mir einen Kuss auf die Wange und ging zum Wohnmobil. Ich blieb zurück, es störte mich nicht. Mich störte nichts und niemand... ich war stoisch...
Ethan zeigte mir seine Gefühle, doch ich fühlte nichts, verdammt in mir herrschte Eiszeit. Warum konnte ich Ethans Gefühle nicht erwidern? Er war so ein netter junger Mann. Und er sah wirklich gut aus. Was war nur los mit mir?
Ich blieb am alten Zelt stehen und besah mir die marode Konstruktion. Das Zelt war alt, sehr alt. Es müsste dringend erneuert werden, doch das Geld reichte bei weiten nicht dafür. Ich seufzte. Was für ein Glück dass meine Nummer gut Geld einbrachte... Es reichte für gutes Tierfutter. Die Tiere kamen bei Ethan an erster Stelle, dafür bewunderte ich den Mann.

Mein Muttermal kribbelte, heftig, ungewohnt... verwundert hob ich meinen Pullover um es zu betrachten. Es war merkwürdig, es hatte doch noch nie gekribbelt! Warum kribbelte es wie verrückt?
Suchend sah ich mich um, ich konnte nichts entdecken.
Die ersten Besucher waren auf dem Gelände, sie sahen sich um, betrachteten die Tiere und kauften sich Süßwaren. Es waren ziemlich viele gekommen wie ich zufrieden feststellte. Das gab wieder ordentlich Geld, dachte ich erleichtert.

Ein ziemlich großer Mann erweckte meine Aufmerksamkeit. Er war nicht ganz so groß wie Oskar, doch er sah sehr gut und durchtrainiert aus. Kein Gramm fett zu viel am Körper. Dann ging ein Anflug von Grinsen über mein Gesicht. Mit seiner abgewetzten Lederjacke, der schwarzen Jeans sah er aus, wie aus einer Fernsehserie der 70ziger. Ich versteckte mich hinter dem Zelteingang in einer kleinen Nische und beobachte ihn und seine Freunde, die über das Gelände gingen, sich umsahen und sich leise unterhielten. Wieder kribbelte mein Muttermal heftig, als die vier Menschen nahe bei mir stehen blieben. Sie konnten mich nicht sehen, doch der Mann schien irgendwie etwas zu suchen. Seine Hand lag auf seinem Magen und er sah sich suchend um. "Irgendwo hier ist sie! Es kribbelt wie verrückt." sagte der große Mann. „Das kann kein Zufall sein, ich spüre sie." Nervös sah er sich um.
„Mach dir nicht zu viel Hoffnung." antwortete die kleine Frau. „Vielleicht hat es einen anderen Grund." Sie legte ihre kleine Puppenhand auf den Arm des Großen und plötzlich spürte ich einen Anflug von Zorn, merkwürdig. Der Große schüttelte seinen Kopf. „Nein, es kribbelt. Das macht es nur bei ihr!"
Eine Hand legte sich leicht auf meine Schulter. Ich schrak zusammen.
„Liebling, Zeit dich zu schminken." sagte Ethan leise. „Ich such dich schon überall." Er hatte die kleine Gruppe ebenso gesehen und seine Augenbrauen hochgezogen. „Sie sehen nicht wie normale Zirkusbesucher aus." sagte er leise. „Eben, sie machen mir Angst." gab ich zu. Erstaunt, dass ich solch ein Gefühl kannte... „Mir auch." sagte Ethan nachdenklich. „Sie sehen aus als könnten sie Ärger machen." Wir warteten bis die Gruppe sich entfernt hatte. Dann zog er mich in das Wohnmobil um mich für die Show vorzubereiten.

Liebe Mary

Nach etlichen Fehlversuchen, vielen vergeblichen Umfragen, fanden wir endlich den Zirkus. Ein Mann aus der Stadt erzählte uns, ein kleiner Zirkus wäre in seiner Nähe gewesen, ein kleiner Zirkus mit einer ganz tollen Nummer. Eine kleine rothaarige Frau würde einen Riesen durch die Arena tragen, ganz ohne Seile oder Tricks. Geoffrey war sofort unter Strom... eine kleine Frau, die einen riesigen, schweren Mann erst hoch in die Luft warf, ihn auffing und dann durch die Arena trug? Das war ein guter Hinweis, es klang so ganz nach dir! Geoffrey hatte dich kämpfen sehen, er wusste um deine Stärke. Er war sich sicher, wir waren auf der richtigen Spur! Wir fuhren drei Tage und drei Nächte hindurch. Endlich standen wir vor dem Zirkusgelände.

Der riesige Mann am Eingang musterte uns sehr argwöhnisch, na ja, eine Frau und drei Kerle?

Wir liefen über das Gelände immer auf der Suche nach dir. Doch Fehlanzeige. Keine Spur... Doch dann, an einem Zelteingang, blieb Geoffrey plötzlich stehen. Sein Muttermal, das Abbild von deinem, begann zu kribbeln. Er sah sich um, konnte jedoch nichts entdecken...Verdammt Geoffrey war sich sicher, ganz in deiner Nähe zu sein..

„Lass uns die Vorstellung ansehen." bestimmte Kevin. „Da wird die rothaarige Frau ja wohl auftreten." Und mürrisch stimmte Geoffrey zu. Er wäre lieber weiter draußen geblieben um weiter nach dir zu suchen. Geoffrey war untypisch nervös. Er wusste, heute würden wir dich finden! Also trottenden wir ins uralte Zirkuszelt und hofften es würde nicht über uns zusammen brechen...

Die erste Reihe der Bänke war besetzt, ich habe keine Ahnung, wie Geoffrey es geschafft hat, trotzdem vier Plätze für uns zu ergattern. Ich bin überzeugt, er hat Zwang angewendet um die Leute zu bewegen uns ihre Plätze zu überlassen.

Wir saßen also in der ersten Reihe und warteten... Einige echt gute Vorstellungen später traten endlich die beiden Clowns auf. Der Riese jagte den Kleine, dessen feuerrote Haare in allen Richtungen ab standen, das

hat mich sofort so dermaßen an dich erinnert, das Nick mich zurückhalten musste. Fast wäre ich in die Arena gesprungen um zu sehen ob wir uns nicht doch irrten! Jetzt blieb der kleine Clown stehen, er griff den Riesen und warf ihn in die Höhe, dann fing er ihn problemlos wieder auf und trug ihn, unter dem Jubel des Publikums, aus der Arena....
Pause... es hielt uns nichts mehr auf den Sitzen...w ir hatten dich gefunden... Süße! Verdammt was ist mit dir???

Wir standen ratlos auf dem Gelände. „Das war Mary!" sagte Kevin nicht gerade Geistreich. „Ach nee..." antwortete Geoffrey genervt und raufte sich die Haare. „Wenn du mich nicht darauf hingewiesen hättest, hätte ich sie nie erkannt!" Man war der unter Strom....
„Was ist mit ihr, warum treibt sie sich in einem Zirkus herum, statt heimzukommen?" fragte Nick. „Warum suchen wir sie nicht, und fragen sie, Jungs?" fragte ich. „Wo sollen wir sie denn suchen?" fragte Nick erneut. "Das Gelände ist riesig. Mary kann sich überall verstecken. Wenn sie in einem der Wohnmobile ist dann...."
„Ruhe" schnauzte Geoffrey plötzlich und lauschte. Fröhliches Kinderlachen drang an unsere Ohren. Lautes, lustiges Kinderlachen. „Also, ihr könnt gerne suchen! Ich weiß, wo ich Mary Cooper Clarens finde." sagte Geoffrey hoffnungsvoll und schritt so schnell über das Gelände das wir anderen große Schwierigkeiten hatten, ihm zu folgen..
Oh Mary, ich hoffe wirklich, du bist es. Ich hoffe wir irren uns nicht, ich glaube, das könnte Geoffrey nicht ertragen...

8. Kapitel

Ich stand am Bühneneingang und blinzelte durch den Vorhang. In der ersten Reihe konnte ich die kleine Gruppe von Menschen sehen, die sich irgendwie, ich weiß nicht wie, noch einen Platz in der ersten Reihe ergattert hatten. Ich wurde nervös, ein Gefühl, das ich bislang nicht kannte.

„Was hast du, Süße?" Ethan legte seinen Arm beruhigend um mich und drückte einen Kuss auf meinen Kopf. Der große Mann in der ersten Reihe hatte mich jetzt entdeckt, seine Augen zogen sich finster zusammen als er sah, wie Ethan mich küsste. Ein Schauer lief mir über den Rücken. „Ich habe Angst." gab ich zu. „Irgendwie wird sich alles ändern." sagte ich zu Ethan. Er drückte mich beruhigend und ging in die Arena, meine Nummer ankündigen. Oskar und ich waren wie immer unglaublich. Jubelsender Applaus folgte uns nach draußen.Und vier überaus erstaunte Augenpaare, die anscheinend nicht glauben konnten, was sie soeben gesehen hatten...

Dann war endlich Pause. Zeit, mich zu beruhigen. Die vier Fremden waren bestimmt nicht mehr hier. Sie waren nach meinem Auftritt aufgesprungen und aus dem Zelt geeilt. Wahrscheinlich hatten sie das Gelände bereits wieder verlassen...

Ich ging in das große Vorzelt um mich, wie immer, um die Kinder zu kümmern. Hatte ich schon gesagt? Kinder lieben mich...

Kaum hatte ich meinen Platz eingenommen, war ich auch schon von Kindern umringt. Kinder liebten Clowns, und mich besonders
Ich machte Faxen, die Kinder lachten.

Plötzlich standen sie vor mir. Vier merkwürdige Typen, die ich nie als eine Gruppe sehen würde... Der große Typ... Typ 70ziger Jahre... der Blonde, der aussah, als sei er einem Katalog entstiegen, die kleine Frau und der dunkelhaarige Mann neben ihr... und alle vier starrten stumm

auf mich herunter... Sie waren also doch noch hier...
Ich schob das kleine Mädchen von meinem Schoß und sah die vier
merkwürdigen Typen an. „Ähm, ihr seid aber zu groß um auf meinen
Schoß zu sitzen." sagte ich zögernd. „Na ja, die zukurzgeratene könn-
te gerade noch passen." Ich hob meine Hand und wies auf die kleine
Frau. „Aber der Rest ist eindeutig zu groß." Was für ein Glück, das mein
Clowns Make Up meine Angst verbarg.
Alle vier schwiegen und starrten mich weiter an. „Hallo, ich sagte, ihr
seid zu groß! Soll ich euch jeden einen Luftballon auf pusten, geht ihr
dann?" fragte ich wieder.
„Mein Gott, sie ist es!" sagte der gut aus sehende Mann.
Der große Typ in der abgewetzten Lederjacke riss mich hoch und presste mich an sich. Seine Hände fuhren durch meine Haare, was für ein
Glück dass sie eh in alle Richtungen ab standen. Einen Moment war ich
verwirrt, doch als der Typ mich küssen wollte, machte ich mich energisch von ihm los. „Hoppla, das geht aber zu weit Mister! Nicht dass sie
nicht anziehend wirken... wenn man auf die 70ziger steht, aber Danke,
aber nein Danke!" sagte ich wütend. „Einen Clown knutschen ist im
Eintrittspreis nicht enthalten!" Automatisch nahm ich eine Kampfstel-
lung ein. Woher konnte ich das? Keine Ahnung.

„Mary, wir sind es!" sagte die zukurzgeratene Frau.
„Wer seid ihr? Die fantastischen Vier? Elasticman, die Flamme, das
Biest, Lady Unsichtbar?" fragte ich unsicher. Ich machte zwei Schritte
rückwärts. „Ich kenne euch nicht Leute Sorry. Und ganz ehrlich.ihr seid
nicht gerade vertrauenerweckend."
Einer der Männer, der gutaussehende, begann zu Lachen, der brüllte fast
vor Lachen. „Also wenn wir die Fantastic Four sind, bin ich die Flamme!" sagte er und wich dem Ellenbogen des großen Mannes aus. Wieder
machte ich zwei Schritte rückwärts, bereit weg zu rennen. Der Große
schien es zu spüren, er griff nach meinem Arm. Ich war stark, er war
stärker, ich wollte mich losreißen, er hielt dagegen.
„Was geht hier vor sich?" Oskar erschien zum Glück hinter mir und legte
seinen Arm beschützend um mich. Oskar war nur wenige Millimeter
größer als der 70ziger Jahre Typ, doch es reichte, um Respekt auszuströ-
men. „Was wollt ihr Clowns von unserer Mary?" fragte Oskar finster.

Und nun, trotz der angespannten Situation, musste ich unwillkürlich grinsen. „Oskar, hast du schon mal in den Spiegel gesehen? Die Clowns sind wir!"

„Typisch Mary!" flüsterte der Gutaussehende. „Selbst in dieser Situation reißt sie ihre Witze."

„Also?" fragte Oskar ungeduldig. Pierre gesellte sich zu uns, und auch wenn er nicht direkt bedrohlich wirkte, so war ich ihn trotzdem für seine Hilfe dankbar. Die Zukurzgeratene wich unwillkürlich etwas zurück und verschwand hinter dem Großen. „Häh?" machte der Braunhaarige Brillenträger. „Ich habe Angst vor Pantomimen." flüsterte sie. Toll, also war Pierre doch nicht so ganz nutzlos.

„Wir sind Marys Familie und suchen sie bereits seit Wochen." sagte der Große endlich. „Wir verstehen nicht, warum sie bei ihnen gelandet ist." Mein Kopf schoss hoch um dem Großen in die Augen sehen zu können. „Ihr wollt meine Familie sein?" fragte ich ihn ungläubig. „Wer bin ich! Das verlorene fünfte Musketier? Athos, Portos, Artemis, Dartanjon und Mary?" fragte ich ihn.

„Irgendwie muss ich Mary zustimmen. Merkwürdig seht ihr schon aus." gab Oskar mir Recht. „Ihr seid wirklich Marys Familie?" Er seufzte. Dann überlegte er einen Moment.

„Wir gehen zu Gloria, sie soll es sich anhören!" bestimmte Oskar schließlich. „Sie ist unser Boss hier." Er griff mich am Arm und wollte mich hinter sich herziehen, ich stemmte mich gegen ihn. Blieb trotzig stehen. Ich würde mich hier nicht wegbewegen! Oskar zog, ich stand. Um keinen Preis der Welt wollte ich mit den Vieren gehen.

„Das Spiel kenne ich zur Genüge. So wird das mit Mary nie was. Darf ich?" fragte der Große Oskar höflich. Der Große fasste meine Oberarme und hob mich wie einen Liter Milch in die Höhe. „Wohin?" fragte er dann den verblüfften Oskar grinsend. Auch die anderen drei konnten sich ihr Lachen nicht verkneifen. Ich fluchte unanständig und versuchte mich ohne Erfolg zu wehren...

„Okay, sie sind also ebenso stark wie Mary." sagte Oskar verblüfft und wies auf das Wohnmobil.

Es war eine sehr merkwürdige Prozession. Oskar vorneweg, der Große der mich, die ich wie verrückt zappelte und mich gegen seinen Griff zu wehren versuchte, vor sich her trug, dann der Gutaussehende, der Brillenträger, der die Zukurzgeratene vor sich herschob, die versuchte Pierre auszuweichen, der den Abschluss bildete...

Gloria saß vor ihrem Wohnmobil und sah uns entgegen. „Wer sind diese Leute?" fragte sie, als wir vor ihr stehen blieben. Ihr Blick glitt argwöhnisch über die vier Menschen. „Sie behaupten, Marys Familie zu sein." sagte Oskar. „Der hier ist jedenfalls ebenso stark wie unsere Mary." Er wies mit dem Daumen auf den Großen, der mich immer noch trug.

„Hallo, Mister Griechische Mythologie! Kannst du mich mal runter lassen? Du hast ein paar Muskeln an der richtigen Stelle! Wir haben es kapiert!" schnauzte ich den Großen an.

Grinsend löste er endlich seinen stahlharten Griff und stellte mich auf den Boden hielt mich aber noch fest.

„Also?" nahm Gloria das Thema wieder auf. „Wer seid ihr?"

Die Zukurzgeratene ging vorsichtig um Pierre herum, der es sich nicht verkneifen konnte, sein Gruselgesicht aufzusetzen, die kleine Frau schrie leise auf und flüchtete sich in die Arme des Brillenträgers. „Wir sind wirklich Marys Familie. Ich habe Papiere die es belegen. Marys Name ist Mary Copper Clarens." Sie kramte in ihrer wirklich großen Handtasche. „Man ist die Tasche groß! Hast du da auch noch den russischen Staatszirkus drin?" fragte ich. Niemand antwortete.

„Papiere interessieren hier niemanden." sagte Gloria und sah die vier weiter ernst an. „Wir sind eine Zirkusfamilie."

„Wir sind irgendwie auch eine zusammen gewürfelte Gruppe." begann der Gutaussehende. „Ich bin Marys Bruder, sie..." er wies auf die kleine Frau, „Ist ihre Schwester, er..." Wieder wies er auf den Brillenträger, „Ihr Schwager." er überlegte einen Moment.

„Moment Auszeit!" rief ich dazwischen, nicht Willens ignoriert zu werden. „Das mit dir als Bruder, lasse ich mir ja noch gefallen, obwohl schade ist es schon, Schönling." sagte ich. Dann wies ich auf die kleine Frau. „Aber wenn sie meine Schwester sein soll, haben meine Eltern sich bei ihr nicht viel Mühe gegeben. Zuwenig Größe, zu wenig Busen." Dann fiel mir etwas ein. „Also, Bruder, Schwester, Schwager... und wer ist dann Mister griechischer Gott hier?" Ich tippte mit dem Finger auf die Brust des großen Mannes, der immer noch direkt vor mir stand. Das gefiel mir so gut, dass ich drei weitere mal tippte, tip tip tip, bis er meine

Hand festhielt.

„Ich..." sagte er und ich fiel vor Schreck rückwärts, direkt auf Glorias Schoß. „Ich bin dein Freund, dein Mann, wenn die anderen deine Verwandten sind." In seinen Augen blitzte es belustigt auf. Ich war geschockt. Ich war sprachlos, mir fiel keine freche Bemerkung ein.

„Toll, endlich hält sie ihren Mund!" sagte Brillenträger. „Vielleicht kommen wir jetzt etwas weiter."

„Sie beleidigt euch nur, weil sie furchtbare Angst hat." sagte Gloria. „Es ist ihre Art sich zu wehren." Sie strich mir liebevoll übers Haar.

„Das behauptet meine Mutter auch, sie sollten sie unbedingt kennenlernen. Sie würden sich mögen." sagte griechischer Gott jetzt. „Toll!" konnte ich nur flüstern. „Eine Schwiegermutter habe ich also auch?"

„Mein Sohn Ethan fand Mary in einem Wald weiter nördlich." sagte Gloria und schob mich von ihrem Schoß. „Er hatte eine Explosion gehört und war nachsehen gegangen. Er kam mit Mary wieder, mehr tot als lebend. Doch Dank Olga haben wir sie durchbekommen. Mary lag fast zwei Wochen in einer Art merkwürdigem Koma." Gloria seufzte leise. „Als Mary endlich wieder wach war, fehlte ihr jegliche Erinnerung an ihr früheres Leben. Also hielten wir es für besser, sie bei uns zu behalten."

„Wir haben es hier nicht so mit den Behörden." sprach jetzt Pierre das erste mal und wieder schrie die Zukurzgeratene auf.

„Warum kann Mary sich an nichts erinnern?" fragte Gutaussehend. Eine Frage die alle vier zu beschäftigen schien.

„Weil sie ohne ihre Seele wiedererweckt wurde."Olga kam um die Ecke des Wohnmobils, keine Ahnung, wie lange sie dort bereits gestanden und gelauscht hatte. Sämtliche Anwesende rissen ihre Köpfe zu ihr herum, als sie langsam näher kam und vor griechischer Gott stehen blieb. „Hast du nicht gemerkt, das sie keine Flamme mehr hat... Hüter?" fragte sie den Großen nachdenklich. Der Große nickte überrascht, misstrauisch, verwirrt.

„Sie ist ohne Liebe, Zuneigung. Positive Gefühle anderer sind ihr egal." sagte Olga weiter.

„Du bist keine Lazarus." antwortete der Große und zog argwöhnisch seine Augenbrauen zusammen.

„Lazarus? Häh?" fragte ich, wurde jedoch ignoriert.

„Nein, aber ich kenne euch! Ich komme ursprünglich aus Russland, ich kenne euer Stammhaus dort." erwiderte Olga bitter, sie zog den Großen etwas beiseite. „Und weil ich euch kenne... konnte ich Marys Körper heilen. Ethan erzählte etwas von einer Explosion. Ich denke, ihr Körper hat sich spontan von der Seele getrennt um zu überleben. So etwas Ähnliches habe ich bereits einmal erlebt."

Der Große nickte. „Natürlich... man kann nur sterben und ins Totenreich treten, wenn Körper und Seele vereint sind." bestätigte er nachdenklich. „Mary muss dies instinktiv getan haben."

„So steht es geschrieben." sagte Olga nickend. „Im großen Buch der Gemeinschaft." Sie hob ihren Daumen und wies auf mich. „Ich wusste, man würde Hüter aussenden und sie suchen. Ich wusste, ihr würdet kommen, nach ihr suchen. Sie ist schließlich nicht irgendein Lazarus., oder? Sie ist der Lazarus. Die Wiedergeburt..." Olga schluckte. „Sie ist ein Defender. Ich habe ihr Mal gesehen."

„Ihre Seele ist fort? Wie konnten sie sich so sicher sein?" fragte Gutaussehend. Er war zu Olga getreten und sah über seine Schulter zu mir. Ich streckte ihm die Zunge heraus, wütend, ignoriert zu werden.

„Weil ich Mary beobachtet habe. Sie ist allem und jedem gleichgültig gegenüber. Einzig Tiere und Kinder dringen zu ihr durch. Die Tiere, die Kinder. Sie verehren Mary, umschwärmen sie. Wie heißt es doch so schön in der Bibel? Lasset die Kinderlein zu mir kommen?" Olga nahm meine Hand und lächelte. „Das sind deine Gaben, Liebes. Auch wenn dir sämtliche Erinnerung fehlt, Liebes, so bleiben dir deine Gaben erhalten. Du musst mit ihnen gehen. Es ist das beste. Du gehörst zu ihnen."

Olga schob mich zu Griechischer Gott

„Nein!" widersprach ich heftig. Panisch sah ich mich im kleinen Kreis um. Gloria, Oskar, Pierre... niemand sprach. „Nein!" wiederholte ich.

„Liebes, deine Seele ist auf der Suche nach dir... sie wird suchen wo du Zuhause bist. Wir sind immer unterwegs... Du gehörst hier nicht her." sagte Gloria nun, sie wischte sich Tränen aus dem Gesicht. „Nein!" sagte ich erneut... „Ihr seid doch alle durchgeknallt! Ich will zu Ethan. Er ist wahrscheinlich der einzige Normale hier!" Ich wollte mich losreißen, doch der Große hatte mich erneut gegriffen. Ich wehrte mich wie verrückt, als er sich einen Waschlappen und ein Handtuch geben ließ und mir das Gesicht zu waschen versuchte...

Ich trat um mich, er wich elegant aus, anscheinend kannte er meine Tritte bereits... Jetzt senkte ich meinen Kopf, bereit, ihn zu beißen. Wieder wich er geschickt aus, es sah aus, als würden wir zu Tanzen versuchen. "Verflucht hilf mir, verdammt! Halte sie fest!" schnauzte er dann seinen Freund an. Gutaussehend hielt mich so gut er konnte, während Griechischer Gott mir das Make Up entfernte. Ich fluchte so derbe, dass sich Olga die Ohren zuhielt.

„Ich habe Ethan gesagt, er solle nicht herkommen, Kind. Als ich die vier hier sah, wusste ich dass sie gekommen sind um dich zu holen." Olga strich mir besänftigend übers Haar. Griechischer Gott war endlich fertig. „Ethan liebt dich und es ist besser, wenn er dich nicht mehr sieht." Wütend riss ich mich von griechischer Gott los und schubste ihn, mit Genugtuung sah ich wie er überraschte einige Schritte rückwärts stolperte. „Ihr wollt wirklich dass ich mit Micky Maus, Minnie Maus, Donald Duck und Goffy verschwinde? Ab nach Entenhausen?" fragte ich angsterfüllt Gloria, die nur stumm nickte. Dann erhob sie sich und drückte mich kurz. „Geht am Besten sofort. Ich muss mich um meinen Sohn kümmern." Gloria ging und ließ mich zurück. „Armer Ethan. Er wird es nicht verstehen."

„Toll, wer Minni Maus ist, weiß ich, aber wer bin ich? Donald Duck oder Micky Maus?" fragte Brillenträger ironisch.

„Auf jeden Fall weiß ich, wer ich sein soll..." antwortete griechischer Gott. „Habt ihr gehört wie sie den letzten Namen ausgesprochen hat?" Alle drei nickten. „Komm!" sagte der Große, ich weigerte mich. Er zog, ich blieb stehen. „Beweg dich Mary!" befahl er ich streckte ihm die Zunge raus.

Genervt fuhr er sich durch die Haare. Ich erstarrte und sah ihn staunend an. „Mach das nochmal!" bat ich ihn. „Was?" fragte er überrascht, fuhr sich jedoch noch mal durch sein Haar. „Man, wenn du das öfters machst, hast du bald eine Glatze." sagte ich grinsend, gab ihm einen Schubs und riss mich los. Er war stärker als ich, doch meine Frage nach seinem Haar hatte ihn lange genug abgelenkt um ihn zu überraschen. Leider kam ich nicht weit. Gutaussehend bekam mich zu packen und gemeinsam fielen wir in den Dreck. Fluchend kämpften wir im Schmutz, ich auf ihn, er sich verzweifelt wehrend. Griechischer Gott zog mich von meinen Gegner herunter, klemmte mich unter seinen Arm und trug mich wie ein Paket über das Gelände. Hinter mir hörte ich Gutaussehend schimpfen. „Man, sie ist ja niedlich, aber sie hat einen Faustschlag wie ein Hammer."

„Ja, ich weiß." sagte griechischer Gott glücklich grinsend wie mir schien. „Die Hälfte ihrer ehemaligen Klassenkameraden können das bezeugen." Er trug mich zu einem wunderschönen Oldtimer. Ich pfiff anerkennend durch die Zähne. „Na der Wagen passt zu euch! Alt und verstaubt, so wie ihr alle!" Um nichts auf der Welt würde ich zugeben, dass mir der Wagen gefiel. Griechischer Gott griff in seine Hosentasche und förderte ein Schlüsselbund hervor. Die warf er dem Brillenträger zu. „Fahr du, ich bleibe hinten bei Mary und Susan. Ich bin der einzige, der mit Mary fertig wird, und Mary würde Susan nie etwas antun." sagte er. „Bist du dir da soooo sicher?" sagte ich sarkastisch, als er mich ohne viel Federlesen auf die Rückbank schob.

„Plötzlich habe ich Angst!" sagte Miss Zukurzgeraten. Doch nach einem scharfen Blick des griechischen Gottes nahmen alle ihre Plätze ein.

„Huch, ein Blick wie ein strenger Hochschullehrer!" sagte ich mürrisch. Wieder ein merkwürdiger Blick von allen vieren. Wir fuhren vom Gelände. Ich eingeklemmt zwischen Miss Zukurzgeratene und griechischer Gott.

Einen Moment herrschte Schweigen, nerviges Schweigen.

„Also..." begann ich schnaubend und verschränkte meine Arme. Das Schweigen machte mich nervös. „Lasst mich zusammenfassen: „Mister Zuviel Haargel-altmodische Brille ist mein Schwager... Mister After Save Knackpo Unterhosenmodell ist mein Bruder, Miss zukurzgeratene - kleiner Busen ist meine Schwester... und du..." ich wandte kurz meinen Kopf nach rechts. „Du Griechische Mythologie... Griechischer Gott willst mein Freund sein?" Ich wandte mich nach vorne zum Beifahrersitz. „Schade, Bruder... dich hätte ich auch nicht von meiner Bettkante gestoßen."

„Süße, du hattest noch nie einen Mann auf deiner Bettkante." ließ sich

Miss zukurzgeratene vernehmen, sie klang irgendwie stark beleidigt, keine Ahnung warum. „Ach ja???" fragte ich gehässig. „Und warum wird Thor neben mir plötzlich Tomaten-rot?" Mit Genugtuung sah ich, wie alle Augenpaare sich auf den großen Mann neben mir richteten. „Ähm, Mary..." sagte der jetzt leicht belegt. „Thor ist aus der nordischen Göttersage... so viel zu deinem Studium."

„Na und... dann eben Herkules!" gab ich trotzig zurück, dann stockte ich. „Warum habe ich plötzlich das Gefühl, ich müsste Hundefutter kaufen?" fragte ich die Menschen im Wagen. Schweigen...

„Vielleicht weil wir einen Hund Namens Herkules haben." sagte Mister Knackpo Unterhosenmodell.

„Ja klar, nee." sagte ich. „Alles klar Kevin, verarschen kann ich mich allein!"

„Woher weißt du dass er Kevin heißt?" fragte Mister griechischer Gott überrascht. Ich zögerte, dann setzte ich ein breites Grinsen auf. „Na so heißen doch alle Unterhosenmodells... hat irgendetwas mit dem Designer zu tun... Kevin Klein? Seitdem heißen alle männlichen Modells Kevin."

„Der Typ heißt doch Calvin mit Vornamen." flüsterte Puppenarsch.

„Ach ja? Wer bist du? Bist du von der Modepolizei?" fragte ich aggressiv zurück. „Nee, dafür bist du zu schlecht gekleidet. Siehst aus wie Cinderella, allerdings vor dem Bibadibi babo."

Allgemeines Seufzen war die einzige Antwort...

Wieder Schweigen... Nerviges Schweigen...

Unruhig rutschte ich hin und her. „Sag mal, Herkules, musst du zwei drittel der Rückbank beanspruchen? Mir und Puppenarsch bleiben nur jeweils ein Drittel! Für Puppenarsch mag das ja reichen, aber mir nicht!"

„Vier Drittel?" mischte sich Brillenträger ein."Mathe war noch nie Marys Stärke." antwortete Puppenarsch - Zukurzgeratene immer noch beleidigt. „Muss ich auch nicht... ich bin hübsch!" sagte ich, dann versuchte ich griechischen Gott zu schieben. „Hallo rutsch doch endlich, oder noch besser! Steig einfach aus!"

Ein kleiner Kampf entbrannte auf der Rückbank.

„Also, ich bin ebenso froh wie ihr, dass wir Mary wiedergefunden haben, aber wenn sie nicht gleich ihren Mund hält, halte ich an und werfe sie höchstpersönlich aus dem Wagen!" donnerte Kevin- Unterhosenmodell nun genervt.

„Gute Idee!" flüsterte ich und lehnte mich zu Brillenträger vor. „Du hältst gleich an und beförderst mich aus den Wagen, nichts ist dir wichtiger!" Flüsterte ich ihm hastig ins Ohr, bevor mich griechischer Gott energisch zurück zog.

„Blödmann!" fauchte ich ihn an, lehnte mich zurück und verschränkte meine Arme.

Der Wagen wurde langsamer, Brillenträger hielt am Straßenrand und stieg aus.

„Was, wie, warum?" fragten die anderen drei als Brillenträger die Tür neben Puppenarsch öffnete, sie griff und hinaus schubste. Puppenarsch schimpfte empört, während Brillenträger sich meinen Arm griff und mich zu sich zog.

„Verdammt!" schrie Griechischer Gott. Er umfasste meine Hüfte und hielt mich fest, während Brillenträger zog und zerrte. Hin und her, rein ins Auto, raus aus dem Auto. Ich kam mir vor wie ein saftiger Knochen um den sich zwei hungrige Hunde stritten. „Verdammt Kevin. Sie hat Nick ihren Willen aufgezwungen! Tu doch was!" schrie griechischer Gott. Ich hörte die Beifahrertür, dann einen Faustschlag und Brillenträger ließ mich so plötzlich los, dass ich nach hinten in den Wagen auf Griechischer Gotts Schoß fiel. Meinen spitzen Beckenknochen sei Dank, musste ich gut getroffen haben, er zog schmerzhaft die Augen zusammen. Puppenarsch setzte sich wieder neben uns, bewahrte jedoch Abstand so gut es ging...

Dieser Kevin half dem benommenen Brillenträger auf den Beifahrersitz, dann stieg er ein und fuhr weiter. „Sieh zu dass sie endlich Ruhe gibt!" schnauzte Kevin. „Sonst garantiere ich für nichts!"

Herkules beugte sich zu mir, sein Gesicht immer noch schmerzverzerrt. „Du wirst jetzt schlafen, lange und tief. Alles wird gut, du musst dir keine Sorgen machen. Schlaf!" flüsterte er mir ins Ohr. „Guter Versuch, das, das,das zieht nicht bei mir..." mir fielen die Augen zu, ich entspannte mich, kuschelte mich auf den Schoß von Herkules und meine Finger krallten sich in sein Hemd.

„Endlich!" seufzte Puppenarsch. „Und nun noch mal zu der Sache mit

der Bettkante... was ist mir seid Weihnachten entgangen?"
Die Antwort hörte ich nicht mehr. Ich schlief. Ich streckte meine Beine aus, meine Füße lagen auf Miss zu kurz geratene - Puppenarsch, es störte mich nicht...

9. Kapitel

Wir fuhren mehrere Tage hindurch.

Wir hielten nur zum Tanken, Lebensmittel kaufen oder um zur Toilette zu gehen. Und immer war Geoffrey bei mir, selbst auf der Toilette folgte er mir, den Protest anderer Frauen ignorierend.

Ich schlief viel und hatte bald den Verdacht, dass Geoffrey dafür verantwortlich war. Mittlerweile kannte ich die Namen meiner Mitreisenden, die abwechselnd fuhren. „Okay, Männer, das ihr euch abwechselt ist ja okay, aber Susan lasst ihr doch wohl nicht hinters Steuer, oder? Sie kann ja nicht mal übers Lenkrad schauen." sagte ich irgendwann. „Und außerdem... kann nicht Kevin mal den Platz mit Susan tauschen? Ich würde gerne mal in seinen Armen einschlafen. Und wer ist eigentlich für die Lebensmittel verantwortlich, die gekauft werden? Ich mag kein Wasser mit Sprudel!" Geoffrey flüsterte, wieder wurde ich unerklärlicher weise müde und schlief ein...

Endlich hielten wir vor einem sehr alten Gebäude an. Geoffrey stieg aus und reichte mir seine Hand. „Wo sind wir?" fragte ich. „Sieht nicht gerade wie ein 5 Sterne Hotel aus."

„Im Kloster St. August." antwortete er. „Deinem Zuhause."

„Na Klasse, erzähl mir jetzt nicht, ich sei eine Nonne!" sagte ich und betrachtete das alte Gemäuer. Es schien sehr alt zu sein. Ich rümpfte verächtlich die Nase.

Wir folgten dem Cadillac, das nun durchs Tor fuhr und im Innenhof hielt. Eine große Menge Kinder und Jugendliche hatte sich um das Auto versammelt und sahen neugierig auf Susan, Kevin und Nick, die jetzt ausstiegen...

Dann sahen sie mich und stürmten jubelnd auf mich zu. Alle schrien laut meinen Namen.

„Was ist denn nun kaputt!" schrie ich und schob mich panisch hinter

Geoffrey. „Was will denn die wilde Meute von mir? Bin ich etwa ein Popstar?"

„Nein" sagte Geoffrey trocken. „Sie alle lieben dich nur und freuen sich, dich lebend wieder zu sehen. Es ist wie ein Wunder für sie." Er hob die Hand und stoppte die Kinder. Dann zog er mich in seine Arme und ging durch die Menge hindurch. Ich schloss meine Augen und presste mich an ihn.

„Mary!" hörte ich verschiedene Male jemanden rufen, doch ich grub meinen Kopf in Geoffreys Armbeuge. „Kinder, Kevin wird euch alles erklären!" sagte er mit scharfen Befehlston. „Lasst uns endlich durch!" Unwillig bildeten die Kinder eine Gasse und Geoffrey führte mich in eins der großen Gebäude. Anscheinend die Küche.

Eine Frau stand an einem großen Herd und rührte in einem Topf, als wir die Küche betraten. „Essen dauert noch!" sagte sie laut. „Ich bins Mutter. Nicht erschrecken." sagte Geoffrey leise. Die Frau stockte kurz. Sie sah sich um, erstarrte und ließ ihren riesigen Kochlöffel fallen.

„Mein Gott! Meine Güte! Bist du es wirklich??? Geoffrey! Du hast sie gefunden!" stammelte sie zusammenhanglos. Sie wollte ebenso wie die Kinder zu mir stürmen, doch Geoffrey stoppte auch sie. „Sie hat ihr Gedächtnis verloren Mutter... lange Geschichte." sagte er leise. „Später." Hinter uns ging die Tür auf und Susan, Nick und Kevin traten ein.

„Mutter? Sie sind Geoffrey Mc. Laines Mutter?" fragte ich nervös. „Nun, altmodische Frisur, Hausbacken, Kittelschürze aus den 70zigern... Ja das passt, sie könnten durchaus seine Mutter sein!" sagte ich und taxierte nervös die Frau vor mir. Deren Augen wurden zu Schlitzen. Sie hob ihren Kopf und schnaubte wie ein Stier, kurz bevor er einen Matador zerlegen wollte. Geoffrey zog mich vorsichtig etwas weg von ihr. Wieder ging die Tür auf, ein älterer Mann betrat eilig den Raum.

„Tatsächlich!" sagte er erschüttert. „Als Jimmi zu mir kam und mir aufgeregt erzählte, ihr hättet unsere Mary gefunden, konnte ich es nicht glauben. Ich musste kommen und mich selbst überzeugen." sagte er und setzte sich schwer auf einen Stuhl. "Ich konnte es wirklich nicht glauben."

„Vater..." begann Geoffrey.

„Vater?" ich betrachtete den Mann und grinste. „Na das passt... Die Ähnlichkeit ist wirklich nicht zu leugnen... aber nun mal ehrlich Mama und

Papa Mc. Laine.. musstest ihr euren Sohn unbedingt Geoffrey nennen?
So einen altmodischen Namen? Wer bitte schön nennt seinen Sohn
heutzutage noch Geoffrey! Das klingt nach ausgestopft und an die Wand
gehängt."
„Oh ja, sie ist es." stöhnte Geoffreys Vater. „Eindeutig unsere Mary."
Auch er schien mir unverständlicherweise überglücklich.
Plötzlich knallte es laut. Geoffreys Mutter hatte ihren Kochlöffel direkt
vor meiner Nase auf den Tisch geschlagen. „Und du hörst mir genau zu,
Mädchen! Ich weiß nicht was mit dir los ist! Warum du dich so dane-
ben benimmst! Aber lass dir eins gesagt sein... Niemand, und du schon
gar nicht, beleidigt mich oder meinen Mann! Du hast große Angst, das
verstehe ich! Aber wage es nie wieder unhöflich oder grob gegenüber
Mirow oder mich zu werden! Oder du bekommst meinen Kochlöffel zu
spüren! Hast du verstanden???" Sie hielt mir den riesigen Kochlöffel vors
Gesicht. „Setz dich und halte deinen schmutzigen Mund. Sonst wasch
ich ihn dir mit Seife aus!"

Erschrocken riss ich meine Augen auf. „Ja, Mam, Entschuldigung, es
tut mir leid..." Ich zuckte zusammen, setzte mich wahllos auf einen der
Stühle und duckte mich eingeschüchtert. „Es tut mir wirklich leid.Ich
werde mein Mund halten wenn sie es wünschen... und Geoffrey ist ein
schöner, starker, männlicher Name?" sagte ich, den starren Blick der
Frau vor mir ausweichend. Totenstille herrschte im Raum.
„Mary ist die einzige, die es schafft, noch bei einer Entschuldigung zu
beleidigen." flüsterte Susan schließlich und versteckte ihr Lachen hinter
ihrer Hand.
Ich schwieg, verschränkte meine Finger ineinander und sah den Tisch
an. Die Frau machte mir mächtig Angst. Sie schien hier der Big Boss in
diesem merkwürdigen Kloster zu sein. Mit dem Big Boss legte ich besser
nicht an, beschloss ich.
„So einfach geht das?" fragte Kevin verblüfft. „Und die ganzen letzten
vier Tage mussten wir uns ihrem ätzenden Mundwerk aussetzen, unun-
terbrochen, keine Minute Ruhe.."
„Das..." sagte Geoffreys Mutter zufrieden. „Ist eine Sache des Respekt.
Entweder man hat ihn oder nicht."

„Katharina ist gestern abgereist. Sehr wütend!" sagte jetzt Mirow, Geoffreys Vater. „Sie lässt dir ausrichten, solltest du nicht in den nächsten 14 Tagen im Stammhaus in Europa sein, veranlasst sie, das St.August geschlossen wird und die Kinder auf andere Häuser aufgeteilt werden." Geoffrey nickte betreten bei den Worten seines Vaters.

„Katharina ist außer sich gewesen, als du bereits das zweite mal ohne Nachricht verschwunden bist." sagte nun seine Mutter. „Sie sagt, es seien zu viele Ungereimtheiten und Geheimnisse hier in St.August. Es werden zu viele Regeln gebrochen hier. Seit der Defender aufgetaucht ist, hättest du dich total geändert." Ihr Blick glitt zärtlich über mich, und ich fragte mich, womit ich das verdient hatte.

Immer noch wagte ich nichts zu sagen. Immerhin schwang die Frau immer noch den Kochlöffel.

„Ich habe großen Durst, Mrs. Mc.Laine." sagte ich dann zögernd und wurde erstaunt von vier Augenpaaren angesehen. „Dürfte ich sie um eine Flasche Wasser bitten?"

„Häh?" machte Kevin. Ich ignorierte ihn. Die Frau grinste gutmütig und reichte mir eine Flasche Wasser ohne Sprudel. Sie kannte mich anscheinend wirklich..

„Nenne mich Elsa." sagte sie. Dankbar nickte ich. „Vielen Dank für ihre Freundlichkeit." stammelte ich, den Kochlöffel im Augenwinkel.

„Ich bewundere dich gnadenlos, lass mich dein unwürdiger Schüler sein, Elsa." brachte Kevin endlich heraus.

Ich hob meinen Blick und sah ihn schmunzelnd an. „Respekt, wem Respekt gebührt." sagte ich.

„Wohl eher Kochlöffel wem Kochlöffel gebührt." sagte Geoffrey lächelnd.

„Was ist mit ihr los?" wollte Mirow nun wissen. „Warum benimmt Mary sich so merkwürdig".

„Das würde mich auch interessieren." warf Elsa ein. Sie setzte sich neben mich um mir über den Kopf zu streichen, doch ich wich ihr aus. Ich rutschte einen Stuhl weiter von der Frau weg. „Olga sagt, ich hätte meine Seele verloren... so wie andere Leute ihre Brieftasche oder ihren Regenschirm verlieren oder so. Aber Suchanzeige bei der Polizei lohnt nicht... so etwas gibt keiner beim Fundbüro ab." sagte ich, bevor Geoffrey antworten konnte.

„So geht das schon die letzten vier Tage." stöhnte Geoffrey und fuhr sich genervt durch die Haare. „Vorsicht, denk an deine Glatze." warnte ich ihn und duckte mich, als Elsa mit ihrem Kochlöffel näher zu mir herüber kam...

„Was soll das heißen, Mary hat ihre Seele verloren?" wollte Mirow nun interessiert wissen und Geoffrey wiederholte sein Gespräch mit Olga. „Sie sagt, sie kennt das Haus in Russland? Und sie hat dich gerettet? Weißt du wie diese Olga mit Nachnamen heißt?" wollte Mirow anschließend von mir wissen. Schweigend schüttelte ich meinen Kopf, natürlich wusste ich es, aber das würde ich den Menschen hier, Menschen die ich nicht kannte, die mich unfreiwillig durch das halbe Land geschleift hatten, nie sagen.

Ich erhob mich und stellte mich ans Fenster, sah auf einen nun leeren Innenhof und verlor das Interesse an dem Gespräch hinter mir. Mir war egal, was diese Leute zu sagen hatten...

„Nun..." bestimmte Elsas Mann. „Auf jeden Fall werden wir Mary hierbehalten müssen. Wenn du nach Europa reist, werden wir auf sie aufpassen Sohn. So können wir sie nicht auf die Menschheit loslassen."

„Das ist ja wohl die beste Lösung." ließ sich diese Susan vernehmen. „So kann ich sie jedenfalls nicht mit zur Uni zurücknehmen. Nicht auszudenken, was für ein Chaos sie dort anrichten könnte."

„Halt Stopp, Halt!" sagte ich empört und klinkte mich wieder in das Gespräch ein. Was sollte das heißen, ich müsste hier in diesem maroden Gemäuer den Rest meines Lebens verbringen! Ich sollte hier hinter diesen Mauern gefangen bleiben? Auf keinen Fall! „Ich..." begann ich, doch dann schwieg ich, um keinen Preis der Welt würde ich hierbleiben, aber wenn ich mich jetzt dagegen sträubte, würden sie nur misstrauisch werden. Dann hatte ich überhaupt keine Chance mehr zu entkommen. „Na gut.Ich werde bleiben." gab ich deshalb friedfertig nach. Alle am Tisch seufzten erleichtert auf... Nur Geoffreys Blick schien mich geradezu zu verbrennen....

Geoffrey führte mich durch das Haus. Es war riesig und immer wieder kamen Kinder und Jugendliche auf uns zu um mich zu begrüßen. Genervt schob ich irgendwann Geoffrey vor mich her, der die Kinder fortschickte. „Noch ein Herzlich Willkommen!"sagte ich wütend „Und ich hauen allen eine rein!" drohte ich und entlockte Geoffrey ein Lächeln. Vor einer Zimmertür hielten wir und er öffnete die Tür.

Ich hielt die Luft an. „Wem gehört denn das Zimmer?" fragte ich. „Dir!" antwortete Geoffrey und schob mich in den Raum. „Man, was bin ich denn für eine Modezicke!" sagte ich und riss ein Kleidungsstück nach dem anderen aus dem großen Wandschrank. „Meine Pseudo - Mary besitzt 15 Paar Schuhe?" fragte ich überrascht. "Das sind nur die Schuhe, mit denen du verreist. In deinem Haus an der Universität hast wesentlich mehr." antwortete Geoffrey lächelnd. „Ich glaube an die 100 Paar oder so." sagte Geoffrey grinsend. Er sah mir lächelnd zu. Ich zerrte jedes Paar heraus und probierte es strahlend an. Dann wies ich auf all die anderen Sachen. „Sag, bin ich etwa vermögend?" fragte ich ihn dann. Ich stolzierte mit ein Paar hochhackigen Pumps durch das Zimmer. „Nein." antwortete Geoffrey, er lachte über meinen merkwürdigen Gang. „Stinkreich um es mit deinen eigenen Worten auszudrücken!"

„Auf einer Skala von eins bis zehn, wo liege ich da?" wollte ich wissen, während ich weiter das Zimmer untersuchte. „Zwölf" war seine Antwort und ich ließ mich erstaunt aufs Bett fallen. Er beugte sich über mich, besann sich dann aber und stand auf.

„Du kannst duschen, wenn du möchtest, den Gang runter, dritte Tür rechts, in einer Stunde treffen wir uns zum Mittagessen." sagte Geoffrey. Er zögerte...

„Wenn du jetzt hoffst, ich würde dich bitten, mir den Rücken zu schrubben, hast du dich getäuscht!" sagte ich ironisch. „Ich dusche grundsätzlich allein!"

„Woher willst du das wissen?" fragte Geoffrey und ehe ich reagieren konnte, hatte er mich gegriffen und an sich gezogen. Sein Mund suchte meinen, er küsste mich leidenschaftlich. Es störte ihn nicht, das meine Fäuste auf seine Brust trommelten, bis ich nachgab und mich an ihn kuschelte. Plötzlich ließ er mich los und ging zur Tür. „Denk dran... eine Stunde." Dann war er verschwunden und ich blieb allein zurück. Das erste mal seit Tagen war ich allen. Ganz allein... Es war ruhig, sehr ruhig. Niemand da, der mir Anweisungen gab, oder Befehle. Niemand da, dem ich beleidigen konnte....

Ich musste hier weg! Die Menschen hier waren komplett durchgedreht! Das ganze Gerede, das mich begrüßen, mich umarmen wollen!! Ich kannte sie nicht, und wollte sie auch nicht kennen! Und diese Elsa mit ihrem gewaltigen Kochlöffel machte mir furchtbare Angst!

Ich würde duschen und mir dann einen Rucksack packen. Dieses andere Mary-Ich hatte genug Klamotten, dass ihr die Sachen, die ich mitnehmen würde nicht einmal fehlen würden... Ich kicherte, als ich im Nachttisch eine Brieftasche mit etwa 500 Dollar fand. „Na gut...“ sagte ich leise. „Also beklaue ich mich jetzt selbst?“

Ich ging unter die Dusche und verzog mein Gesicht Shampoo mit Apfelblüte... nun ich war nicht wirklich der Apfeltyp, aber wenn ich nichts anderes hatte?

Ich suchte mir eine Jeans und einen mir zu weiten Pullover heraus und wunderte mich, warum ich so große Pullover hatte... er roch, er roch, er roch tatsächlich nach diesem Geoffrey! Na toll, man, diese Pseudo-Mary war ja tatsächlich in diesem Typen verknallt, ganz Klasse! Was hatte die denn für einen verschrobenen Geschmack!

Egal, der Pullover musste seinen Dienst erfüllen...

Dann warf ich wahllos Kleidung in einen großen Rucksack, band mir die Haare zu zwei Zöpfen und späte aus dem Zimmer, der Gang war leer, gut. Wahrscheinlich hatten sich alle zum Essen versammelt. Beste Zeit für mich zu verschwinden! Hoffentlich verlief ich mich nicht in diesem riesigen Gebäude.

Ich warf mir den Rucksack über die Schulter, steckte das Geld in meine Hosentasche und lief schnell die Treppe hinunter. Wenn ich Glück hatte, war ich bereits weit weg, bevor es jemand merkte. Mit 500 Dollar konnte ich zum Zirkus zurück. Ethan würde mich mit offenen Armen aufnehmen, das wusste ich...

„Mary?“ eine kleine helle Kinderstimme stoppte meinen Schleichgang durch den langen Flur. „Mary, bist du es wirklich? Kein Traum diesmal?“ fragte die Kinderstimme weiter. Durch eine offene Tür konnte ich zwei kleine Kinder auf einer großen Matratze liegen sehen. Das Mädchen stupste den kleinen Jungen neben sich an. „Timothy! Mary ist hier!" rief sie. Der Junge schubste müde zurück. „Nein. Timothy, ehrlich! Ich träume diesmal nicht, sie ist wirklich hier!" Wieder schüttelte das Mädchen den Jungen.

„Hallo!" sagte ich stockend und betrat zögernd den Raum.

Was machst du - Hau ab, verschwinde, Blöde Kuh! Das ist deine einzige Chance zu entkommen! So eine gute Gelegenheit bekommst du nie wieder! Befahl ich mir selbst. Doch meine Beine gehorchten nicht...

„Selber Hallo!" rief das kleine Mädchen. Es sprang auf und kam mit nackten Füßen auf mich zugelaufen. Dicke, große Tränen liefen ihr übers Gesicht, als sie ihre kleinen Arme um mich schlang. „Oh Mary, ich habe so darum gebetet!" rief das Mädchen. „Und Gott hat mich erhört! Du bist wirklich wieder hier!" Jetzt war der Junge wirklich wach. Er strahlte über das ganze Gesicht und folgte dem Mädchen. Beide Kinder klammerten sich an mich. Na toll!

Liebevoll wischte ich ihnen ihre Tränen aus dem Gesicht und hob sie hoch. „Ihr habt ganz kalte Füßchen!" schimpfte ich liebevoll. Dann trug ich sie zurück zur Matratze. „Oh Mary! Timothy sagte, du würdest wiederkommen, doch ich war so traurig!" flüsterte das Mädchen.

„Du wusstest es?" fragte ich den Jungen, der heftig mit dem Kopf nickte. „Oh, kein Freund großer Worte, was?" fragte ich ihn und strich ihm liebevoll durchs Haar.

„Aber Mary!" sagte das Mädchen. „Timothy spricht doch nicht... jedenfalls nicht mit dem Mund. Doch du und ich, wie können ihn trotzdem hören. Wir hören ihn mit dem Herzen." Beschwörend legte sie ihre Hand auf die Brust des Jungen, der eifrig nickte.

Bedauernd schüttelte ich meinen Kopf. „Leider nicht mehr, Kind." sagte ich traurig. Plötzlich wusste ich wie sich Traurigkeit anfühlte...

Das Mädchen legte ihren Kopf schief und sah kurz den Jungen an, dann nickte sie. „Timothy sagt, du hast deine Flamme verloren, sie ist irgendwie erloschen. Aber der Funke sei noch da."

„Was macht ihr beiden kleinen Fratzen hier eigentlich?" fragte ich die Kinder. Ich schob sie weiter auf die Matratze und legte mich zu ihnen. Wenn es mir gelang, sie zum Schlafen zu bringen, konnte ich meine Flucht hoffentlich weiter fortsetzen...

„Mittagsschlaf!" sagte das Mädchen und gähnte. Sie zog sich meinen Arm auf ihr Kissen und kuschelte sich an mich. „Hier schlafen wir doch immer Mittags."

Durch die offene Tür kam jetzt ein Hund, gefolgt von einem Kater, der hoheitsvoll durch den Raum schritt. „Und wer ist das?" fragte ich wieder. Was für ein merkwürdiges Haus war das hier? „Aber Mary. Das sind doch Herkules und Tom." sagte das kleine Mädchen schläfrig.

„Wir haben also doch einen Hund Namens Herkules." sagte ich überrascht. Ich grinste. Hatte dieser Kevin mich doch nicht verarscht... Ich unterdrückte ein Gähnen. Nur nicht einschlafen, befahl ich mir still, und doch wurden meine Augen bleischwer. Erst jetzt spürte ich, wie erschöpft ich eigentlich war. Während ich darauf wartete, dass beide Kinder einschlafen würden, fielen mir die Augen zu.

„Geoffrey, was machst du denn hier?" hörte ich wie aus Ferne die Stimme dieser Elsa, sie klang als sei sie über mir und ich erinnerte mich beim Eintritt eine Empore gesehen zu haben. „Dein Essen wird kalt." sagte Elsa wieder.

„Auf Mary aufpassen." antwortete Geoffrey leise. „Sieh sie dir an, Mutter. Sie mag keine Erinnerung an mich oder euch haben, ihr fehlen sämtliche Gefühle... und doch können Lisa und Timothy zu ihr durchdringen." Dann wies er auf meinen Rucksack den ich achtlos liegengelassen hatte. „Wenn einer unsere Mary kennt, dann ich. Ich wusste, als sie vorhin so schnell nachgab hier zu bleiben, sie würde flüchten wollen. Und das werde ich nicht zulassen. Dazu bin ich viel zu glücklich, sie wieder zu haben." Ich hörte ihn leise seufzen. „Sie ist mein Leben, Mutter. Das wusste ich bereits damals, als ich sie kennengelernt habe. Ich habe mich dagegen gewehrt, das weißt du, denn sie entsprach überhaupt nicht meinem Typ damals. Das kleine Mädchen mit ihren Feuerroten Haaren und dem frechen Mundwerk. Die junge Frau die immer sagt was sie denkt." Geoffrey lachte leise auf. „Du weißt wie oft ich sie von mir gestoßen habe, immer in der Ausrede, sie sei zu jung. Sie hat mich eines besseren belehrt... Jetzt würde ich so gerne all die Liebe schenken, die sie sich immer gewünscht hat und sie denkt nur an Flucht."

„Und doch liegt sie nun dort unten. Unsere Mary mit ihrer Lisa, ihrem Timothy im Arm und dem Hund und der Katze zu den Füßen." sagte

Elsa lächelnd. „Die Kleinen haben sie besiegt und ihre Flucht gestoppt."
Ich hörte sie leise Lachen. „Geh Essen, mein Sohn. Ich werde aufpassen,
das unsere Mary nicht flüchtet."
„Wenn sie flüchtet, kannst du sie nicht aufhalten!" widersprach dieser
dämliche Geoffrey. „Ich nicht, aber mein Freund der Kochlöffel schon."
antwortete Elsa. Autsch, dachte ich noch... Dann schlief ich ein.

Scheiße, so weit also mit dem Thema Flucht! Der Blödmann Geoffrey
hatte mich natürlich durchschaut und hatte mich nicht aus den Augen
gelassen... Verdammt, dachte ich wütend... Dann war ich tief eingeschlafen. Links ein Kind, rechts ein Kind und die Tiere zu meinen Füßen.

10. Kapitel

Gelangweilt saß ich in einer großen Halle und hörte uninteressiert den anderen zu, die um einen Tisch herumsaßen und in etwas blätterten, dass sie „Das unsichtbares Buch" nannten. Also, so sehr ich mich auch bemühte, ich konnte jedenfalls nichts sehen.

Langsam hatte ich das Gefühl, sie wollten mich verarschen. Ich deutete ein Gähnen an. „Sagt mal Leute, hab ihr hier einen Fernseher mit dem ich mir meine Zeit vertreiben kann, während ihr da vorne spielt?" fragte ich. Keine Antwort.

Geoffrey hob seine Hände und es sah tatsächlich aus, als würde er wieder eine Seite umschlagen. „Hier ist nichts zu finden, kein Hinweis darauf, wie wir eine verlorene Seele zurückrufen können." sagte Mirow nun. Er raufte sich die Haare und sah nun seinem Sohn unwahrscheinlich ähnlich... Wieder sah er kurz zu mir, dann schüttelte er den Kopf und beugte sich erneut über den Tisch. „Verdammt, dabei gibt es doch Legenden über das Seelenwandern. Legenden von Defender, die dies konnten." sagte er frustriert.

Ich gähnte erneut herzhaft, dabei hatte ich heute Mittag doch recht gut geschlafen. Viel länger als ich eigentlich beabsichtigt hatte.

Geoffrey hatte mich geweckt, er hatte meinen Rucksack in den Händen und stand grinsend über mir. Ich lag auf der großen Matratze und fluchte so laut, dass er sich umsah, ob Lisa oder Timothy noch so nah waren, dass sie es hören konnten. Doch wir waren alleine gewesen. Ohne eine Bemerkung über den Rucksack oder meinem Aufenthalt in dieser Halle, zog er mich hoch. Er hatte mir etwas zu Essen besorgt, dann waren wir irgendwann hier in der Halle gelandet, wo wir nun schon seit Stunden herum saßen. Mein Blick fiel auf den Rucksack, den Geoffrey achtlos an der Tür hatte stehen lassen.

Wenn ich jetzt aufspringen, zur Tür rennen würde... mir den Rucksack schnappte und die Tür hinter mir verriegeln konnte, dann könnte ich immer noch fliehen... überlegte ich. Der Einzige der mich wirklich aufhalten könnte,wäre nur Geoffrey...

„Vergiss es, du kämst nicht mal bis zur Tür." flüsterte Geoffrey mir zu. Ohne es zu bemerken, war er neben mir erschienen. Woher kannte er so genau meine Gedanken? Egal, ich streckte ihm wütend die Zunge heraus. Der Typ nervte.

„Diese Olga sagte, sie habe es in ihrem Leben nur einmal erlebt. Das eine Seele ihren Körper hat finden können." überlegte Geoffrey jetzt laut. Er zerrte mich zum Tisch und zwang mich, mich zu ihnen zu setzen. „Wir sollten etwas mehr über diese Olga erfahren." Er drückte meinen Arm, immer noch hielt er mich fest. „Was weißt du wirklich über Olga, Liebes?" fragte er mich. Ärgerlich riss ich mich los. „Ich sagte doch bereits, dass ich nichts weiter von Olga weiß." sagte ich zornig. „In Zirkus legen wir nicht so viel Wert auf so etwas! Gloria sagte doch, jeder hat seine Geheimnisse!" Meine Stimme war ungewollt lauter geworden, verdammt.

„Du schreist, Liebling, das heißt du lügst." sagte Geoffrey sarkastisch. „Du wirst immer lauter, wenn du lügen willst." Verflucht war ich so leicht zu durchschauen? Oder konnte nur er es ?

„Na und?" erwiderte ich trotzig, „Und ich bin nicht dein Liebling! Deinen Liebling kannst du dir sonst wo hin stecken!" Natürlich log ich, es ärgerte mich, dass er mich so leicht durchschaut hatte. Plötzlich stockte ich, meine freche Bemerkung blieb mir im Hals stecken... War Geoffrey etwa zusammengezuckt? Hatte er seine Augen zusammengekniffen, so als hätten meine Worte ihm geschmerzt? Ich wusste es nicht. Ich... ich konnte es nicht fühlen... Plötzlich überkam mich Traurigkeit, große, lähmende Traurigkeit. War das Traurigkeit? Keine Ahnung....Vielleicht sollte ich weinen... ich konnte es nicht! Ich konnte nicht weinen! Als würde er meine Unsicherheit, meine Traurigkeit spüren, legte Geoffrey einen Arm um mich, ich ließ ihn gewähren.Es war egal, egal ob er mich hielt oder nicht.

„Was weißt du über diese Olga?" fragte mich Mirow nun erneut. Ungeduldig sah er zu Geoffrey, als ich wieder schwieg.

Ermutigend drückte Geoffrey mich kurz.

„Olga Komanowa. Sie und ihr Mann Roberto leben im Zirkus. Beide stammen ursprünglich aus Russland." sagte ich schwach. „Sie war es, die mich, nachdem Ethan mich gefunden hatte, gesund gepflegt hat. Sie wusste, was zu tun war, damit ich überlebte." erklärte ich dann. Geoffrey und sein Vater schwiegen. „Olga kann einige gute Zaubertricks. Zum Beispiel kann sie Blumen erblühen lassen."

„Kein Wunder dass sie wusste wer du bist, als sie dein Mal sah." sagte Mirow schwer. Er stützte sich auf dem Tisch ab und schluckte schwer. „Jetzt wird mir einiges klar! Natürlich, nur ein..." Mirow überlegte. „Kann einen anderen heilen."

„Sie ist kein Lazarus." sagte Geoffrey. „Das hätte ich gespürt." Mirow schüttelte seinen Kopf. „Nein, das ist diese Frau bestimmt nicht, aber andererseits hast du auch nicht gespürt, dass Mary ein Defender ist, oder?" fragte er seinen Sohn. „Es gibt da eine 400 Jahre alte Legende... Vielleicht ist ja wirklich wahr! Ich muss den Rat informieren! Wenn das wirklich die Olga und Roberto sind, dann haben wir Dank Mary ein neuerliches Rätsel gelöst!" Mirow lief ohne weitere Erklärung aus der Halle. Ratlos sahen sich alle an, ich stand dabei und wunderte mich. „Was war das denn?" fragte Kevin, nur Schulterzucken...

„Es ist spät, wir sollten alle ins Bett." sagte Geoffrey endlich... Susan, Nick und Kevin nickten. „Nicht alle von uns hatten Gelegenheit für ein Mittagsschläfchen." sagte Kevin grinsend. „Hättest mir ja Gesellschaft leisten können, Traummann." Widersprach ich ihm. Geoffreys Griff um meine Schulter wurde fester, fast schmerzhaft. Ich biss die Zähne zusammen um nicht aufzuschreien. Mürrisch folgte ich ihm durch die langen Gänge.

„Wo ist mein Bettzeug?" Ich stand in meinem Zimmer und sah mich suchend um. Geoffrey warf meinen Rucksack in die Ecke und suchte im Schrank, dann förderte er einen hässlichen Micky Maus Schlafanzug zu Tage, den er mir grinsend hinhielt. Angewidert verzog ich mein Gesicht. Nie sah ich etwas hässlicheres...

„Dein Bettzeug befindet sich in meinem Zimmer, Süße! Ich weiß, dass du jede Gelegenheit nutzen wirst um von hier zu verduften. Aber ich bin einfach zu müde, um die ganze Nacht ein Augen auf dich zu haben. Deshalb haben wir alle beschlossen dass es das Beste ist, wenn du bei mir im Zimmer schläfst." sagte er.

„Wenn das deine Art Anmache ist, dann spare dir deinen Atem. Ich werde nie mit dir schlafen!" schimpfte ich wütend. „Eher friert die Hölle zu! Ich mag dich nicht einmal!"

„Nein, ich werde dich nicht anrühren, keine Panik!" sagte Geoffrey ebenso wütend. „Du bist kalt wie ein Eisberg, da verkühle ich mich ja!" Er grunzte und fuhr sich durch die Haare, eine Geste, die mich immer wieder faszinierte. „Ich bin zufällig nur der einzige, den du nicht beeinflussen kannst oder überwältigen! Ich bin immun gegen deine Einflüsterungen und stärker als du. Wenn du also flüchten willst, musst du an mir vorbei. Jetzt komm!" Er zerrte mich aus meinem Zimmer den Gang hinunter. Ich wehrte mich und blieb bockig stehen. Er seufzte, hob mich hoch, trug mich den Gang entlang und öffnete eine Zimmertür.

Mein Bettzeug lag auf dem Bett neben seinem. Ich fluchte laut und unanständig.... „Vergiss es!" sagte ich wütend. „Lieber schlafe ich in der Badewanne!" Natürlich hatte ich heute Nacht flüchten wollen. Hatte warten wollen bis alle schliefen! Und er hatte das natürlich wieder mal erahnt! Warum kannte er mich nur so gut?

„Wir haben nur Duschen! Entweder schläfst du bei mir im Bett oder auf dem Boden! Und der ist aus Stein, wie alles hier im Kloster!" sagte Geoffrey und gähnte herzhaft. Dann schloss er seine Zimmertür ab und steckte sich den Schlüssel in die Jeans. „Ziehe dich um, ich werde in meiner Jeans schlafen... wenn du an den Schlüssel willst, musst du mich schon entkleiden." Müde warf er sich aufs Bett.

Wütend riss ich mir die Kleidung vom Körper und schlüpfte in den hässlichen Schlafanzug. „Hättest du mir nicht einen hübscheren Schlafanzug aussuchen können? Das Teil hier ist potthässlich!" maulte ich.

„Ich denke, ich bin reich, könnte ich mir da nicht etwas besseres leisten?" Ich stieg in meine Betthälfte und versuchte so viel Abstand wie möglich zwischen uns zu lassen.

„Meine Mary hat dieses Teil geliebt." antwortete Geoffrey nachdenklich, traurig, wie mir schien. „Ich würde alles dafür geben, sie jetzt in diesem Aufzug in meinen Armen zu halten." Er seufzte leise.

„Nun, ich bin nicht deine Mary... nicht mehr." sagte ich trotzig. Dann überlegte ich einen Moment.

„Deine Mary muss eine sehr komische Frau sein."
„Meine Mary ist sehr komisch, immer Lustig, immer positiv, sehr selbstbewusst. Selbst in den schlimmsten Momenten hatte sie immer einen Scherz bereit." sagte Geoffrey leise. „Meine Mary wird von allen hier im Kloster geliebt, vor allem von mir."
Ich zuckte nur mit den Schultern. „Liebe wird überbewertet. Ich habe das Gefühl, ich bin auch ganz gut ohne sie in meinem Leben ausgekommen." Tatsächlich hatte ich plötzlich das Gefühl, nie viel Liebe bekommen zu haben...
Geoffrey schwieg lange. Er lag in der Dunkelheit und starrte an die Decke. Ich drehte mich nicht zu ihm um. Ich lag ebenso wach und versuchte, das Gefühl, das Gefühl dass er erwähnt hatte zu fühlen, doch ich fühlte nur Dunkelheit...
„Geoffrey?" ich drehte mich zu ihm herum."Ja?" fragte er, immer noch an die Decke starrend. „Ob ich meine Seele je wieder bekomme? Ich mein, ob meine Seele mich je finden wird? Ich weiß nicht, wie ich früher war. Ich habe keine Ahnung, wovon ihr sprecht, ich fühle nicht dass was ihr fühlt. Und ich kann nicht vermissen, was ich nicht kenne." sagte ich leise. Endlich wandte er sich zu mir herum. „Ich würde jetzt gerne weinen, doch selbst dafür fehlt mir das Gefühl... ich bin einfach leer, eine leere Hülle." gab ich leise zu.
Geoffrey beugte sich zu mir und küsste mich sanft auf die Stirn. Dann besann er sich und rückte wieder ab von mir. „Geoffrey?" fragte ich. „Hmmm?" war seine müde Antwort, er rührte sich nicht... „Jetzt würde ich doch ganz gern in den Arm genommen werden." bat ich zögernd. „Mary?" Geoffrey zog mich an sich, es war warm, angenehm. Plötzlich schwand meine entsetzliche Kälte etwas. „Versprich mir, nicht wieder wegzulaufen... Bitte. Ich kann nicht länger auf dich achten... Ich muss übermorgen nach Europa reisen. Das Kloster ist in großer Gefahr. Versprich mir hier zu bleiben, hier bist du in Sicherheit. Hier kann dir nichts passieren und alle werden dich beschützen hier." bat er mich. Es schien ihm wichtig, sehr wichtig zu sein. Ich überlegte, er hatte ja recht. Selbst wenn ich flüchten würde, wohin sollte ich mich wenden? Also nickte ich. „Okay, ich tu dir den Gefallen. Wo soll ich auch hin ohne Erinnerungen. Hier ist ebenso gut wie woanders. Ich bin nirgendwo Zuhause..." antwortete ich müde. „Aber lass dir gesagt sein, deine Mutter

ist Furcht einflößend." Ich zog mir die Decke hoch und schlief ein. Ich hörte Geoffreys leises Lachen während mir die Augen schwer wurden...

Am nächsten Tag erwachte ich allein im großen Bett. Geoffrey war bereits aufgestanden und unterwegs. Die Zimmertür war nur angelehnt, er vertraute also meinem Versprechen. Einen Moment überlegte ich, trotzdem zu flüchten, verwarf die Idee dann doch schnell. Geoffrey hatte ja Recht, wo sollte ich hin, so ohne jegliche Erinnerung. Hier war ich in Sicherheit... Frustriert erhob ich mich und ging in mein Zimmer. Dort durchwühlte ich den Schrank. Ein wunderschönes schwarzes Kleid fiel mir in die Hände. „Hey, was bist du denn hübsch!" staunte ich. Ich hielt das Kleid in die Luft und begann mich zu drehen. Plötzlich hatte ich große Lust zum Tanzen. „Blödes Kleid!" schimpfte ich und warf es wieder in den Schrank zurück. Schnellte zerrte ich eine Jeans und eine Bluse heraus und legte die Sachen aufs Bett.

Ich entledigte mich des hässlichen Schlafanzugs und war wenige Minuten später in der Küche um Kaffee zu trinken.

„Guten Morgen, Liebes!" begrüßte mich Elsa. „Guten Morgen Elsa." grüßte ich höflich zurück und suchte die Küche nach ihrem Kochlöffel ab. Sie folgte meinem Blick und grinste, sie wusste was ich suchte. „Immer griffbereit!" sagte sie und hob das Teil in die Höhe. Unwillkürlich zuckte ich zusammen. Elsa schmunzelte.

„Mein Sohn sagte, du hättest dich entschieden zu bleiben... und uns nicht mehr heimlich zu verlassen. Das ist gut." Sie brachte mir einen Teller mit belegten Broten und setzte sich zu mir. „Nun, ich habe hier mein eigenes Zimmer, das Bett ist bequem und sie kochen ganz anständig. Was will ich mehr?" sagte ich trotzig. Elsa griff zu ihrem Kochlöffel, also schwieg ich lieber und biss in mein Brot.

„Wo ist Geoffrey?" fragte ich zwischen zwei Bissen. „Er klebt doch sonst immer wie Kaugummi an meinen Fersen."

„Er muss noch einige Dinge regeln. Er wird uns morgen früh verlassen müssen." sagte Elsa und sah gespannt auf mein Gesicht, in der Hoffnung eine Regung darin zu erkennen. Doch ich wusste nicht, was sie erwartete. Was wollte die Frau von mir sehen? Ich überlegte.

„Ja, klar, er muss nach Europa. Ich weiß. Irgendetwas wegen dem Haus

hier, sagte er." antwortete ich dann nur und zuckte desinteressiert mit meinen Schultern. „Er wird das schon regeln. Er ist ja schon groß."
Ein Grinsen erschien auf meinem Gesicht. „Zur Not kann er ja seinen Charme spielen lassen, oder? Er scheint ja ein hübscher Bursche zu sein."
Elsa seufzte leise. Sie erhob sich und wandte sich zum Herd. Dort griff sie nach einem Tuch und wischte sich über das Gesicht. „Ach Mädchen, ich hatte wirklich gehofft..." weiter sprach sie nicht.
„Ich gehe mir das Kloster ansehen." sagte ich und erhob mich ebenfalls. Das Gespräch begann mich zu nerven. „Weglaufen ist nicht, habe ich ja versprochen, also keine Panik!"
Elsa antwortete nicht, ich zuckte erneut mit den Schultern und schlenderte gelangweilt durch das weitläufige Kloster. Hinter einige Türen hörte ich Stimmen und vermutete, die Kinder hätten Unterricht. Ich ging weiter, es interessierte mich nicht.
Irgendwann trugen mich meine Füße eine lange gewundene Treppe hinunter bis zu einer alten Tür, die ich neugierig öffnete.
Der Raum weckte Erinnerungen an Trauer und Glück in mir. Verwirrt trat ich ein. Ein riesiger alter Tisch stand inmitten des Raums, der mich magisch anzog. Ich ging zum Tisch, setzte mich darauf und zog meine Beine an. Hier war es ruhig, sehr ruhig. Oben im Kloster war immer Lärm, Kinder, Telefone, Musik, man war nie allein... Ich saß hier, hier in diesem Raum und schwieg, genoss die Ruhe. Endlich hatten meine Augen sich an die Dunkelheit im Raum gewöhnt. Ich konnte mich umsehen. In einer Ecke, fast verborgen, entdeckte ich Kerzen. Ich entzündete eine, es gab mir etwas Trost.
Wie sollte es weiter gehen? Was sollte mit mir passieren? Ich konnte doch nicht über Jahre hier in diesem Kloster bleiben... ich hatte keine Ahnung, was mit mir geschehen sollte...

„Hier bist du!" Geoffrey stand in der Tür , seine Hände in seinen Hosentaschen vergraben. „Ich suche dich bereits seit einer Stunde. Fast hatte ich Angst, du hättest dein Versprechen gebrochen." Er kam zu mir und blieb vor dem Tisch stehen. „Hier hätte ich dich nie vermutet. Tom hat mich zu dir geführt."
Jetzt konnte ich den roten Kater sehen, der neugierig an der Tür stehen-

geblieben war. Ich zuckte nur mit den Schultern. „Petze!" flüsterte ich
dem Tier zu, das nun beleidigt, wie es mir schien, davon stolzierte.

„Ich muss jetzt packen. Morgen früh muss ich zum Flughafen." sagte
Geoffrey als ich weiter schwieg. „Ich kann es nicht weiter verschieben."
Ich nickte. „Ich weiß. Deine Mutter sagte es mir." war meine kurze Ant-
wort. Schweigen trat ein.

„Was machst du hier unten?" Wollte er wissen. „Hier ist es ruhig." war
meine Antwort. „Hier kann ich nachdenken."

Er nickte und setzte sich zu mir auf den Tisch. „Stimmt, oben ist man
irgendwie nie allein. Ich bin gerne hier." Er seufzte leise. „Als wir dich
verloren glaubten, da war ich ständig hier unten. Der einzige Raum um
in Ruhe nachzudenken." Er hob seine Hand und strich mir eine Haar-
strähne aus dem Gesicht. „Ich liebe deine roten Haare." sagte er plötzlich. Er umfasste mein Gesicht mit beiden Händen. „Ich muss gleich
hoch, die Koffer packen sich nicht von alleine." Er zögerte. „Ich möchte
dich gerne noch ein letztes mal küssen, bevor ich fahren muss."

„Dann tu das." antwortete ich gleichgültig. Er zog mich zu sich, sein
Mund legte sich sanft auf meinen. Er küsste mich, ich ließ ihn gewähren.
Es war warm, angenehm, doch ich fühlte nichts weiter... Geoffrey seufzte
traurig. Dann löste er sich von mir. „Ich muss los." sagte er und erhob
sich.

„Gute Reise!" wünschte ich ihm und zog wieder meine Beine an. Er
schloss leise seufzend die Tür hinter sich, ich blieb allein zurück. Plötzlich überkam mich ein Gefühl der Leere, so als habe ich einen großen
Fehler gemacht... Ich zuckte mit den Schultern und legte meinen Kopf
auf die angezogenen Knie...

Wieder saß ich in der Küche. Der Hunger hatte mich aus dem Keller
gelockt. Elsa stand wie immer am Herd, mir gegenüber saßen Lisa und
Timothy und malten in ihren Büchern.

„Geoffrey packt seine Sachen." sagte Elsa. Sie schien traurig, nachdenklich. „Er macht sich große Sorgen um dich, wenn er jetzt los muss."
Nicht schon wieder dieses Thema, dachte ich genervt. Es schien das
einzige zu sein, was die Menschen hier beschäftigte. „Ich weiß, er sagte

es mir." antwortete ich gelangweilt und trank meinen Kaffee. Wenigstens der Kaffee schmeckte, ein Trost. „Er hat sich schönes Wetter für seine Reise ausgesucht. Hoffentlich kommt er gut an in Europa." antwortete ich lakonisch. Hoffentlich war das Thema damit erledigt... Elsa schwieg, doch sie schien wieder zu weinen. Sie weinte ziemlich viel, überlegte ich. Wie es wohl war, weinen zu können? Ich war noch am Überlegen, als ich abgelenkt wurde.

Timothy hob seinen Kopf und sah mich nachdenklich an. „Was ist Kleiner?" fragte ich das Kind, das nun sein Buch beiseite schob, sich auf seinen Stuhl stellte und über den großen Tisch zu mir krabbelte. Erstaunt drehte sich Elsa zu uns herum, als Timothy sich vor mir setzte, seine Beine vom Tisch baumeln ließ und mein Gesicht mit seinen kleine Händen umfasste.

„Mary?" sagte er. Ich erstarrte verwundert. Hatte Lisa mir nicht erzählt das Kind sei stumm? „Mary? Du hast mir zweimal das Leben gerettet." sprach das Kind unbeirrt weiter. „Einmal im anderen Haus, einmal hier." Elsa hinter uns, schrie leise auf, sie hielt sich am Herd fest und starrte mich und das Kind fassungslos an. „Mein Gott! Er spricht!" flüsterte sie ungläubig.

Jetzt lächelte Timothy. „Mary Cooper Clarens. Ich habe da beim Spielen vorhin draußen etwas gefunden, das dir gehört. Und du brauchst es dringend. Es sucht dich schon lange. Es wird Zeit das du es wiederbekommst." Das kleine Kind zog meinen Kopf zu sich und küsste mich auf die Stirn...

Ich explodierte! Schlagartig wurde mein Körper von gleißenden Licht erfüllt, die Farben waren so überwältigend, dass ich schreiend von meinem Stuhl fiel und mich vor Schmerzen auf dem Boden wälzte. Es war als würde jemand durch mich hindurch laufen und überall eine Spur von Licht und Wärme hinterlassen. Überall wurden verschlossene Schubladen und Türen aufgerissen. Auch die Tür zu Susan öffnete sich knarrend, es tat etwas weh...

„Mary?" hörte ich Susans geliebte Stimme verwundert fragen, es fehlte mir jedoch die Kraft zu Antworten. Wie durch Watte hörte ich die angsterfüllte Stimme von Elsa. Sie kam zu mir geeilt und versuchte, mir aufzuhelfen.

„Einen Moment noch, Mam!" sagte ich laut, keine Ahnung wie laut. „Lass mich einen Augenblick, Mama!" bat ich schwach. In meinen Kopf wurden wahllos Lichter an und aus geschaltet, immer noch explodierte irgendetwas darin...

Elsa schreckte zurück. „Du hast mich Mam genannt!" flüsterte sie erschüttert. Endlich klangen die Schmerzen etwas ab, ich konnte mich aufsetzen. „Na, klar, das haben du und Dad mir doch auf Lisas Geburtstag erlaubt." sagte ich verwirrt... "Oder nicht?"

„Ja, aber..." weiter kam Elsa nicht. Ich war aufgesprungen. „Verdammte Scheiße!" sagte ich, als die gesamten Erinnerungen wieder präsent waren. „Habe ich wirklich den ganzen Mist verzapft die letzten Tage? Habe ich wirklich euch alle so beleidigt?" Schlagartig lief ich hochrot an, als mir sämtliche Erinnerungen wieder kamen. Ich sah zu Lisa, die kichernd am Tisch saß, zu Timothy der immer noch seine Beine vom Tisch baumeln ließ zu Elsa, die Tränen überströmt zu mir herüber sah. Dann riss ich einen nach den anderen in die Arme und schwenkte sie herum. „Mam, Lisa, Timothy... ich liebe euch!" schrie ich überglücklich. „Ich habe meine Seele wieder!" schrie ich laut durch die Küche. „Ich kann wieder lieben! Was für ein tolles Gefühl!" Wieder tanzte ich mit der perplexen Elsa durch den Raum, als mir etwas einfiel.

Liebe, plötzlich stockte ich, erstarrte...

„Geoffrey"! flüsterte ich... „Geoffrey! Verdammt, Mama! Er will abreisen! Er will weg! Sich einfach aus den Staub machen! Ab zu der blöden Rina! Und ich blöde Kuh habe ihm auch noch eine gute Reise gewünscht!!! Ich muss zu ihm bevor es zu spät ist. Ich muss ihm sagen, dass ich ihn..." Schon war ich aus der Tür, rannte über den belebten Innenhof, und schrie jedem den ich begegnete eine laute Entschuldigung zu, egal ob ich ihn beleidigt hatte oder nicht... sicher war sicher...

Gefühlte 150 Entschuldigungen später stand ich mit klopfenden Herzen vor Geoffreys Zimmertür. Noch gestern Nacht hatte er mich mit Gewalt hierher schleppen müssen, nun stand ich freiwillig hier.

Plötzlich zögerte ich. Ich, die selbstbewusste, vorlaute Mary Cooper Clarens, ich war nervös! Aber, was sollte ich ihm sagen? Was konnte ich sagen?

Sollte ich vielleicht anklopfen, oder einfach warten bis er herauskam?

Vielleicht war es ja zu spät, vielleicht wollte er überhaupt nicht mehr hören, was ich ihm zu sagen hatte... Was hatte er gestern Nacht gesagt? Er liebe seine Mary? Und was hatte ich gestern Nacht daraufhin zu ihm gesagt? Ich bin ganz gut ohne Liebe ausgekommen, Liebe wird überbewertet." Wieder kam ein Fluch über meine Lippen. Aber er hatte doch gesagt, er, liebe seine Mary. Und ich war ja jetzt wieder seine Mary, oder?

Zweifelnd sah ich an mir herunter... Verdammt, war das schwierig. Und noch etwas wurde mir klar... Liebe machte einen Narren aus Menschen. Und mit Narreteien kannte ich mich ja bestens aus, oder? Also atmete ich einmal tief durch. Jetzt oder nie!

Ich riss die Tür auf und stand in seinem Zimmer. „Geoffrey!" rief ich. Keine Antwort. Leer... Keine Spur von Geoffrey. Geoffrey Mc Laine glänzte mit Abwesenheit...Verdammt, wie sollte ich mich bei dem Idioten entschuldigen, wenn er nicht da war!!!

Dieser Blödmann! Die ganze Zeit war er um mich herum gewesen, hatte mir kaum Platz zum Atmen gelassen. Hatte an mir geklebt wie eingetretener Kaugummi... und jetzt, da es darauf ankam, war er plötzlich verschwunden...Wo steckte er nur!

Ich wollte schon gehen und ihn suchen, als die Tür sich öffnete und er herein kam, er hatte geduscht und trug nur eine Boxershorts und ein Badelaken um die Hüften.

„Was, was willst du denn hier?" fragte er vollkommen überrascht. „Wir haben uns bereits verabschiedet! Ich habe zu tun, ich..."

Weiter kam er nicht. Ich rannte zu ihm, sprang ihn an, umklammerte seinen Hals und meine Beine legten sich um seine Hüfte. Er stolperte überrascht rückwärts, fing sich dann. „Dich, ich will dich!" sagte ich heiser. „Nur dich!" Mein Mund presste sich auf seinen und ich küsste ihn leidenschaftlich.

Geoffrey war vollkommen verwirrt, es dauerte einen Moment bis er meinen Kuss erwiderte, doch dann schob er mich schwer atmend von sich. „Lass mich los, Mary!" forderte er. Doch ich ließ ihn nicht los.

„Mary, ich habe keine Zeit für solchen Mist." sagte er wütend. „Ich ertrage deine Spiele nicht." Wieder versuchte er sich von mir zu lösen. Doch ich hielt ihn eisern umklammert.

„Dann nimm dir verdammt noch mal die Zeit, du, du toter Geschichts-

lehrer! Du, du Goffy!" schnauzte ich ihn glücklich grinsend an, wieder fuhr mein Mund über sein Gesicht und verteilte großzügig feuchte Küsse. „Liebe! Liebe, Liebe, Liebe! Ich kann wieder lieben! Mister Geoffrey Mc. Laine... ich liebe sie!!!" Endlich, endlich hatte ich es ausgesprochen, es fühlte sich unwahrscheinlich toll an. "Ich liebe dich, du Idiot!" wiederholte ich, als er immer noch versuchte, mich abzuschütteln..
Geoffrey hörte schlagartig auf mich zu bekämpfen und erstarrte, er schloss kurz seine Augen, dann riss er sie überrascht wieder auf. „Deine Flamme! Du hast deine Flamme wieder!" sagte er ungläubig. „Deine helle, wunderschöne Flamme!"
Überglücklich lachend nickte ich. „Meine Flamme, meine Seele... meine Gefühle!" antwortete ich lachend. „Vor allem die Gefühle zu einem gewissen toten Geschichtslehrer!" Ich lachte glücklich, als Geoffrey mich hoch durch den Raum schwenkte. „Ich muss mich wohl so um die eine Million mal entschuldigen, glaube ich... aber mein erster Weg war zu dir." flüsterte ich, als er mich wieder zu sich zog. Wieder küssten wir uns, leidenschaftlich, wie zwei ertrinkende...
„Gott sei Dank!" sagte Geoffrey, er weinte glücklich auf, doch das störte ihn nicht. Ich küsste ihm die Tränen fort. Er umschloss meinen Mund und küsste mich erneut leidenschaftlich. „Wie, was ist passiert?" immer noch konnte er das Wunder nicht glauben.
„Später!" sagte ich kurzatmig, nach Luft schnappend. Ich ließ mich nach hinten fallen und zog ihn mit mir aufs Bett. Seine Hände in meinem Haar vergraben lag er neben mir, staunend, dankbar, verwirrt. „Mary, ich..." begann er. Wieder küssten wir uns leidenschaftlich. Ich zog mir meinen Pullover, der ja eigentlich ihm gehörte, über den Kopf. „Hüter Geoffrey Mc. Laine. Mann mit dem furchtbar altmodischen Namen! Was ist an dem Wort später nicht zu verstehen?" sagte ich ernst. „Das letzte was ich jetzt will ist reden!" Meine Hände fuhren über seine harte, nackte Brust, krallten sich in seine Schultern, als sein Mund von meinen Lippen zum meinen Hals wanderte...

„Mary?" fragte Geoffrey. Seine Finger strichen zärtlich über meine Schulter, blieben am Schlüsselbein liegen. „Mmmh?" fragte ich träge. Meine Hände suchten seine, wir verknoteten unsere Finger. Eng zusammengekuschelt lagen wir in seinem Bett. Unwillig, uns zu bewegen und die Wärme des anderen zu verlieren. „Du weißt ich muss dringend nach Europa." sagte er leise, bedauernd. „Ich kann und darf die Reise nicht mehr verschieben." Seine Hand strich über meine Hüfte, blieb über meinem Muttermal liegen. Sanft zeichnete er die Konturen der Schlange nach. „Ich trage die Verantwortung für die Kinder hier."

„Ich weiß..." antwortete ich kurzatmig. Seine Fingerspitzen hinterließen eine Spur von Hitze auf meinem Bauch.

„Das du deine Seele wieder hast, ist das größte Geschenk für mich, wie gerne würde ich bleiben und dich weiter verwöhnen." begann Geoffrey. Seine Lippen bissen zärtlich in mein Ohrläppchen. „Trotzdem muss ich fahren." Er strich mir sanft das lange Haar aus dem Gesicht um mir in die Augen sehen zu können. Gespannt wartete er auf meine Antwort.

„Mmmh!" machte ich nur. Eine satte Trägheit machte mich glücklich... ich war glücklich, hier in Geoffreys Armen zu liegen, seine Wärme, seine Nähe zu spüren. Viel zu lange hatte ich darauf warten müssen...

„Ich kann dich leider nicht mitnehmen. Sie halten dich für tot und so soll es auch bleiben." sagte Geoffrey wieder. „Wenn sie raus finden dass du noch am Leben bist, steht mir noch mehr Ärger bevor, als jetzt schon. Du weißt noch, wie Katharina auf dich reagiert hat."

„Ich weiß das doch, Schatz!" sagte ich nur. „Du willst mich beschützen." setzte ich hinzu, als er erstarrte. Überrascht riss Geoffrey mich herum. „Du bist doch wieder meine Mary, oder? Ich meine, weil du keine Widerworte oder Flüche loslässt! Das ist so untypisch für dich. Deine Seele ist doch noch immer dort, wo sie hingehört?" fragte er mich unsicher.

„Idiot!" antwortete ich und er lachte erleichtert auf. „Oh ja, das bist du!" flüsterte er erleichtert.

„Du wirst wiederkommen. Ich werde auf dich warten." sagte ich ernst. „Schließlich habe ich bereits sechs Jahre auf dich warten müssen." Ich gab ihm einen kleinen Kuss auf die Mundwinkel. „Und ehrlich? Es hat sich gelohnt." Meine Hände wühlten glücklich in seinen Haaren.

„Wann bist du so erwachsen geworden?" wollte Geoffrey wissen, er küsste mich leidenschaftlich. „Vielleicht hat das der unglaublich gute Sex bewirkt, den wir gerade hatten?" mutmaßte ich. „Vielleicht..." stimmte Geoffrey mir zu. „Auf jeden Fall sollten wir deine Theorie noch einmal überprüfen." sagte er leise. „Nichts einzuwenden." sagte ich und zog ihn zu mir herunter. Uns blieben vielleicht nur noch wenige Stunden, doch die konnte uns niemand nehmen...

Ein leises, zögerndes Klopfen an der Tür riss mich aus einem tiefen Schlaf. Ich lag in Geoffreys Bett.Unsicher sah ich mich um, ich war allein. Geoffrey war fort. Ich seufzte traurig.
Wieder wurde geklopft. „Herein!" rief ich frustriert und Susan steckte ihren Kopf zur Tür herein. „Ähm, bist du wach?" fragte sie vorsichtig. „Blöde Kuh, jetzt schon." sagte ich schief grinsend. Susan grinste glücklich zurück. Ich streckte meine Arme aus, sie kam und sprang zu mir ins Bett.
„Oh Mary!" seufzte sie und küsste mir das Gesicht. Ich hielt ihr den Mund zu. „Entschuldige, Entschuldige, Entschuldigen! Du bist nicht zu kurz geraten, dein Busen ist perfekt. Du bist die beste Freundin die man sich wünschen kann!" schrie ich sie an. „Es tut mir unendlich leid, dass ich solch einen Mist geredet habe!"
„Alles gut, Zuckermaus." lachte Susan. „Vergeben und vergessen. Irgendwie war es ja auch lustig." Dann schluckte sie tief. „Geoffrey schickt mich." sagte sie dann.
„Geoffrey!" schrie ich. Wo war er? Warum war er nicht jetzt hier bei mir? … Richtig... er war ja weg... auf dem Weg nach Europa. Ich ließ mich frustriert zurück ins Bett sinken. Tränen liefen mir ungehindert übers Gesicht. Ich hatte doch wach bleiben wollen, wach bis er los musste, hatte jede Sekunde mit mit ihm auskosten wollen. Keine Minute versäumen. So müde war ich doch überhaupt nicht gewesen...

Aber dann wurde es mir klar.
Geoffrey hatte dafür gesorgt, dass ich eingeschlafen war. Ich spürte es. Es wäre ihm wahrscheinlich zu schwer gefallen, zu gehen, wäre ich wach gewesen...
Susan spürte meine Verzweiflung. Sie versuchte mich auf andere Ge-

danken zu bringen. Sie versuchte ein schiefes Grinsen und zog mich in ihre Arme. „Elsa war einmalig. Sie rannte durch das ganze Kloster und erzählte jedem was in der Küche passiert war. Natürlich wollten wir alle dich suchen und uns selbst überzeugen, doch dann..." Susan kicherte. „Hat Elsa sich mit ihrem Kochlöffel bewaffnet und die Treppe zu Geoffreys Zimmer blockiert. Sie drohte jedem Schläge an, der es wagen sollte, euch zu stören. Wir alle, die ein Zimmer hier im Gang haben, mussten die Nacht in der Halle verbringen. Toll, Schlafsäcke und Matratzen... Wir durften nicht einmal unsere Schlafsachen holen. Nick trug einen Schlafanzug von Mirow, ich trug ein Nachthemd von Elsa! Elsa hat, glaube ich, die ganze Nacht die Treppe bewacht."

Ich ging auf ihren Scherz nicht ein. „Geoffrey ist los?" fragte ich in der Hoffnung, er wäre noch hier irgendwo. Susan nickte. „Ja, Liebes. Er kam heute morgen in die Küche. Und der Blödmann hat keine unserer Fragen beantwortet! Er gab einfach Nick und Kevin seine Koffer, die die beiden in den Cadillac brachten, dann schrieb er schnell einige Zeilen für dich und bat mich sie dir zu geben, wenn du wach sein würdest. Er war sehr spät dran. Nick und Kevin bringen ihn nun in die Stadt. Von dort aus geht es mit einer Chartermaschine in die Hauptstadt. Von dort aus weiter nach Europa." erzählte sie. Ich antwortete nicht. Ich war einfach nur leer, leer und traurig... Geoffrey war fort...

„Ich soll dich an dein Versprechen erinnern, ihm ja nicht zu folgen. Du sollst an die Uni zurückgehen und endlich lernen, Griechische und nordische Götter auseinander zu halten."

„Arschloch!" sagte ich lächelnd. Geoffrey liebte mich, es würde alles gut werden...

„Großes Arschloch." stimmte Susan mir grinsend zu. Sie reichte mir einen zusammengefalteten Zettel.

Geliebte Mary

„Danke für deine Liebe, sie begleitet mich nun bereits sechs Jahre...
Dies ist kein Ende, es ist ein Anfang...

Dies ist keine Trennung, es ist ein Versprechen. Ein Versprechen, das ich
dich nicht wieder gehen lasse, wenn ich erst wieder bei dir sein kann...
So dumm werde ich nie wieder sein....“

Nachsatz

Ich bin wieder an der Uni.

Wie ich es Geoffrey versprochen habe... Gehe meinen Kursen nach, gehe manchmal zu einer Party, stehe dort in einer Ecke herum und träume von Geoffrey...

Er ist nun bereits drei Monate fort, ohne dass ich etwas von ihm gehört hätte. Kein Anruf, kein Brief... nichts...

Mit Elsa, Lisa und Timothy chatte ich jede Woche. Wie Geoffrey gesagt hatte, niemand hatte erfahren, dass der Defender noch am Leben ist, jeder im Kloster hat Stillschweigen bewahrt, als letzte Woche eine Abordnung aus Europa dort gewesen war. Elsa hatte eigentlich gehofft, Geoffrey wäre bei ihnen, doch leider nicht. Tausend Fragen. Doch die Kinder schwiegen, sie lieben mich anscheinend wirklich.

Seit zwei Wochen war auch keine Nachricht mehr von Geoffrey bei Elsa eingegangen. Bis dahin war wenigstens immer mal ein Brief eingetroffen, indem er heimlich, versteckte Nachrichten für mich hinterlassen hatte... Langsam beginne ich mir Sorgen zu machen.

Nick und Susan stehen mir bei und versuchen, mich zu trösten. Sie helfen mir, meine Sorgen unter Kontrolle zu halten. Denn auch wenn ich Geoffrey versprochen habe, ihm nicht zu folgen, so fällt es mir mit jedem Tag schwerer, das Versprechen auch zu halten...

Geoffrey fehlt mir so sehr.

„Russland ist riesig, Süße. Du weißt doch überhaupt nicht, wo du Geoffrey suchen sollst. Wo willst du da anfangen?" sagte Nick.

„Nein, das weiß ich nicht." hatte ich geantwortet, „Aber ich kenne jemanden der es weiß..."

Ich musste dem kleinen Zirkus sowieso einen Besuch abstatten. Nachdem ich meine Seele wieder bekommen hatte, hatte ich dem kleinen Zirkus eine große Summe zukommen lassen. Ethan hat sich nicht gemeldet, das hatte ich auch nicht erwartet. Er tat mir unendlich leid. Aber mein Herz gehört nun mal Geoffrey. Doch von Gloria war ein dankbarer Brief gekommen. Sie hatten sich ein neues Zelt, neue Wohnmobile und noch vieles andere gekauft. Dadurch steigert sich ihr Umsatz gewaltig. Es geht den Menschen und den Tieren jetzt bedeutend besser, ich freute mich... Bald waren Ferien... Ja, ich würde den kleinen Zirkus aufsuchen...

Herstellung und Verlag:
BoD - Books on Demand, Norderstedt
ISBN 978-3-7448-9991-8